新潮文庫

柳に風

古田新太著

目次

柳に風

第一章　何処《どこ》吹く風

演劇の神様

おかげさまで大騒ぎだった『大江戸ロケット』[※1]も無事千穐楽《せんしゅうらく》を迎えました。誌面を借りまして、大阪公演のキャンセルになった皆様、本当に申し訳ありませんでした。楽しみにされていた方も多かったと思います。スミマセン（俺のせいじゃないし、俺達もやりたかったし）。

そして山崎裕太《やまざきゆうた》を迎えての『大江戸ロケット』で、大阪・東京合わせて初めての千穐楽。いろいろあっただけに感慨もひとしお。むちゃくちゃ打ち上がるぜ。打ち上げ会場の手配はおいらにまかせろ。主催者側から打ち上げ金もふんだくってやった。後は酒飲んで暴れるだけでい！

も、盛り上がらない……。ここに来てドラマと並行してきた疲れが出たのか、いくら飲んでも酒がうまくない。無理して声を出していたためか喉《のど》も痛い。これ以上いても周りをしらけさせるだけだ。

ちょっと静かな飲み屋に行ってホッとしよう。だめだ。気持ち悪い。家に帰ろう。もう夜中の3時だしな。3時半回って家に電話してくる仲間達、スマン別に怒って帰ったわけじゃないんだ。翌日も撮影だし、ちょっと疲れていたみたいだ。また飲もう。

ZZZ……。

頭が痛い。喉がカラカラ。フラフラする。二日酔いか。

その日は『スタアの恋』のオープニングタイトル及びエンディング撮り。珍しく出演者レギュラー全員が集まる。宇梶《うかじ》※2さん、でけえな。藤原紀香《ふじわらのりか》ちゃん、何だそのスタイル。体の半分以上足かよ、いいチチ、いいケツ、もうなんか欲情しないね、あまりの完璧《かんぺき》さに。ケイコ先生※3はおいらが出ていたハイレグ※4のイベントに来てくれてたらしい。京子ちゃん※5も舞台観《み》に来てくれてありがとう。戸田※6さん、筧《かけい》さん、勝村さん交えて楽しく談笑。

楽しくない。全然楽しくない。フラフラする。監督に「古田くん、二日酔い？」

「スミマセーン」ゲラゲラ。全然楽しくない。ビールも飲まずに家に帰る。まだ気持ち悪い。そんなに飲んだか、おいら？　はっと思い熱を測ってみる。

「38・5度」

風邪かよっ!!　風邪ひいてたのかよ、おいら。そりゃ調子悪いわ。3ヵ月間、何とかこのお芝居を面白くしようと努力し、事件を乗り越え、裕太を励まし、ドラマの現場でもみんなを笑かし、打ち上げ会場の手配までしたこのおいらへのご褒美《ほうび》がこれかよ。すごいな、演劇の神様は。少しぐらいおいらにだって楽しい思いをさせてやろうとは思わんのかい。ちくしょう。風邪かよ。すごいね、ちっとも人間を楽しませてくれないね、風邪は。恐るべしだよ。もう充分苦しんだから、早く治してくれ。お願い。

みんな、気ィつけな。

※1：2001年8月～9月に大阪松竹座、東京・青山劇場で上演された、古田出演の舞台作。
※2：宇梶剛士《たかし》　※3：唐木恵子＝現在は浪曲師・春野恵子として活躍。　※4：ハイレグジーザス（2002年末に〝昇天〟したパフォーマンス集団）　※5：長谷川京子　※6：戸田恵子、筧利夫《としお》、勝村政信《まさのぶ》

泥棒を始めよう

年が明けた。めでたい。

正月にはだいたい今年の目標というものを立てるもんだが、おいらはどうしたものか。

ところで、うちの娘は、1月2日生まれだ。年末のクリスマスからお正月、誕生日と、プレゼントだらけだ。しかし、そうはいかない。君のお父さんは悪い人だからだ。

「お父さん、クリスマスなのに靴下に何も入ってないよ」

「何頼んだの？」

「赤ちゃんをお腹《なか》にもったリカちゃん」

「あ、さっきサンタさんから電話があって1週間遅れるってさ」

1週間後は正月だ。

「お父さん、あけましておめでとう。お年玉は？」

「それより今日リカちゃんが来るんじゃなかった？」

「そうだ」

「じゃ、リカちゃんを待とう」

そのうち夜、娘は寝てしまう。次の日は誕生日。

「よーし今日は誕生日。サンタさんあんまり遅いから、お父さんとお年玉で誕生日プレゼントにリカちゃんを買いに行こう！」

「やったあ、お父さん大好き!!」

ふん、ちょろいもんよ。こちとらウソつき続けて36年。子供をだますなんて、たやすいことよ。

大体、この連載に書いたこともウソがほとんどだしね。もしかして、今書いてるこのエピソードもウソかもしれない。ま、おいらが言ってる事は8割方ウソだから、2割ある真実を探るって楽しみがあるよ。カミングアウトしたことだし、今年の目標はこれにしよう。

「今年からは9割方ウソをつく」

ウソ1割増だ。よーしウソをつくぞー。
①おいらは正月、家族を連れてサイパンに行ってきた。その時、現地の土産物屋さんに中学時代の友人がいた。
②年末、上野のアメ横に買い物に行った時、保阪・高岡夫妻が子供を連れて、す

じことたらこを買っているのを見た。
③先日、下北沢でパチンコ屋に入ったら柄本明《えもとあきら》さんと石橋蓮司《いしばしれんじ》さんが並んでパチンコを打っていた。明さんは勝っていたが、蓮司さんは負けていた。
さあこの3つのうち、実は1つだけ本当の話があります。さて、どれでしょう。分かった人は編集部の方までお便りを下さい。抽選で3名様においらのコレクションの中から、エミール・ガレのランプスタンド8千円相当の品をプレゼントいたします。ふるってご応募下さい。

では、今年も皆様にとって幸せな年になりますように。

遅くなりましたが、ちなみにおいら、喪中だから年賀いりません。

トレビアン

ネエネエ、イタリア人ってタバスコかけないの？

おいらはスパゲティ・グラタン大好きおじさんだ。ホワイトソースを発明した人がまだ生きていたら、表彰してあげたいくらいのベシャメル好きだ。当然、スパはカルボナーラだ。喫茶店の白身のもろもろしたヤツはだめだ。なるべく黄身がしっかりした濃厚なヤツ、パスタとパスタが合体しそうな勢いのねっとりしたヤツに、黒コショーたっぷりでお願いします、だ。

この間、昼メシ食いに、とある小洒落《こじゃれ》たイタメシ屋に入った。その店のカルボナーラはいい感じだった。細身のパスタにソースがねっとりと絡《から》み付き、粗い黒コショーがざっくりとふりかけてあった。見た目合格！　スプーンでソースをすくい、その上でパスタをフォークに巻き付ける。ちょっとそりゃ多いだろ。毛糸玉じゃないんだから、くらいの量を口の中に押し込む！

ん？　んまいっ、まいうーだ。ビールで口を洗い、店員を呼び付ける。本当はシェフにお礼を言いたいくらいだ。

「おいしいね」

「ありがとうございます」

「タバスコちょうだい」

「え？」

何だそのリアクションは？ 怪訝《けげん》な顔をした店員はこう言った。

「そのようなものは当店では……」

えーっそうなの？ タバスコないの？ スパゲティにタバスコかけないの？ イタリアンと言えばタバスコだろう？ おいらはグラタン食う時なんか、元の味が分からないくらいタバスコかけちゃうよ。たまに酔っ払った時なんか、壜《びん》ごと飲んじゃうよ。そして次の朝、燃えるケツ穴を押さえながらトイレで泣いちゃうよ。

そういやあ、タバスコって原産地ブラジル※1だよな。イタリア人ってタバスコかけねえのか？

でもここは日本だ。パスタやピザにはタバスコだ。日本のジョーシキだ（byザ・パンダ※2）。置いとけよ！ まかない飯を食う時あると重宝するから買っとけよ。テーブルに置かなくてもいいから、バイトのロッカーにでもしまっとけ。そしておいらのような〝イタリアン＝タバスコ野郎〟の注文に応《こた》えるくらいの姿勢を見せろ。「イタリアンの食い方も知らないカッペがよ」と思ってもいいから持ってこい！

おいらにとってタバスコのないイタメシ屋なんて、醤油《しょうゆ》とウスターソースの置いてない定食屋のようなものだ。マヨの載っていない、伊勢エビ半分焼きみたいなものだ。納得できないまま残りのパスタを食った。台無しだ。ひとつもうまくねえや。ちくじょう。

みんな、タバスコかけるよな？ きどりやがって。

※1：本当はアメリカ・ルイジアナ州で製造されている。

※2：70年代に一世を風靡《ふうび》したTV番組『ヤングOH！OH！』（毎日放送）の番組内で結成された若手落語家4人組（故林家小染《はやしやこそめ》・月亭八方《つきていはっぽう》・桂《かつら》きん枝《し》・桂文珍《かつらぶんちん》）。

白雪姫

先日、木更津《きさらづ》にロケに行った時のことだ。

その日のロケは折からの暴風雨で、スケジュールが遅れに遅れていた。当初、おいらの出番は、11時の予定だったが、呼ばれた時は午前の2時半を回っていた。晩ごはんに食ったハンバーグのせいだろうか? アクションシーンだというのにお腹《なか》が痛くなってきた。時間が遅れているのに申し訳なかったが、本当に大ピンチだったので駅前の公衆トイレに行かせてもらった。危ういところだったが、ギリギリ大便器にたどり着いた。

「ふうっ」一息ついた時、「すみませーん」隣の小部屋から声がした。

一瞬ビクッとしたが、思わず「ハイッ」と答えてしまった。その時はさほど不思議に思わなかったのだが、なんとその声の主は女性だったのである。男性トイレなのにだ。その声はこう続けた。

「すいませんが、紙を貸してくれませんか」

どうやらおばあさんらしい。こんな時間にどうしたのか、夜中の3時前に男性トイレにおばあさんである。まるでホラーなシチュエーションだ。超怖がりのおいらだけど、さほど脅《おび》えず「どうぞ」と夕方もらったアイフルのティッシュを差し出した。

ことを終え、手を洗っていると隣のドアが開いた。出てきたのは、背の低いおばあさんだ。品の良さそうな声だったが、その格好は少し異様だった。真っ黒なマントをはおり、フードをかぶっていた。高く鋭いワシ鼻で鼻筋の横には、小さなイボが付いていた。

「魔女だ!!」おいらは瞬時に思った。

「さっきはどうもありがとうございました」話しかけられた。目を合わせたらだめだと思い無視していたが「先程のお礼です」と言われ、思わずそちらを見てしまった。おばあさんのしわしわの右手には、真っ赤なりんごが握られていた。

「毒りんごだっ!」

もうダメだ! おいらはトイレを飛び出し、ロケ現場に走った。スタッフの姿が見えた時、涙が流れそうになった。

「大丈夫ですか、古田さん!」

ＡＤが泡食ってやってきた。あまりの剣幕にちょっとひるむとこう言ってきた。

「2時間もトイレ出てこなかったんで、みんな心配してたんですよ」

な、何ーっそんなバカな。おいらの体感時間では、ほんの10分ぐらいだったのに、そんなはずはない。時計を見るとなんと早朝5時前だ！　トイレでのいきさつをみんなに話したが、誰も信じてくれず、おいらはロケ中にトイレで寝てた役者にされてしまった。

夢かよ。

倉敷にもあるらしい

今、撮っているドラマ『眠れぬ夜を抱いて』※1は、非常にロケが多い。それも長野だの山梨だの八ヶ岳だの河口湖だの、リゾート地での撮影が多い。今年のゴールデンウィークは、浜名湖から八ヶ岳を回って山中湖へ行ってきた。

これだけ聞くと素敵なバケーションといった感じだが、遊びじゃないし、全部日帰りだし、現場でしゃべってることは「殺す」だの「殺した」だの物騒な話ばかりだし、しゃべってる相手は仲村トオルさんだし、筧利夫さんだし。で、いっこも素敵じゃない！

けれども普段、全くアウトドアに興味のないおいらが、短期間で方々を回るなんて珍しい。楽しいっちゃあ、楽しいね。必ず名代の蕎麦《そば》屋があり、湖には貸しボート屋、山に入ると、キャンプ場。

そして理由はよく分からんのだが、美術館だの博物館だのがそこかしこに建っとるんだな。入りはしなかったが「昔の楽器博物館」なんてのがあって、おいらの想像力をムショーにかきたてた。

石器時代の石ころや棒が置いてあって、やたら「たたいてみて下さい」とか書いてあるんだろうか？　昭和40年代のたて笛を1000本展示してたり、超巨大な木琴が置いてあってドレミファソラシドをたたくのに100メートル走らなきゃいけなかったりとか。ま、実際はそんなに面白くもないんだろうけどワクワクするもんだ。

その日も道路わきに、気になる看板を発見した。

「いがらしゆみこ美術館※2」

うおっ「いがらしゆみこ」だ。キャンディ・キャンディだ。イライザだ。アンソニーだ。ステアだ。テリーだ。わーいわーい。これは行かなければ。おいらはマネージャーと二人でそこへ向かった。

予想通りな、お庭の一戸建てが見えてきた。レースのカーテンがかかったウッディなドアを開けると予想以上にファンシーでメルヘンでプリンセスで〝なかよし〟な空間で、おいらはひるんでしまった。雪駄《せった》で短パンで〝アクション〟で〝少年チャンピオン〟なおいらは完全に浮いている。この時ほど、「場違い」という言葉の意味を体感したことはなかった。

優しい係の人にキャラメルティーをご馳走《ちそう》になりながら、

「キャンディのおうちの便所でウンチでもしてやるか」

なんて理由でここに来た自分を本気で反省した。おいらはなんて小さな人間だ。出不精なあなた、たまにはリゾート地の美術館に行ってみよう。自分を見つめなおせるかも。

P.S. いがらし先生、また新感線観《み》に来て下さい。美術館すてきでした。

※1：2002年4月～6月までテレビ朝日系で放送されたドラマ。原作・脚本は、故野沢尚《ひさし》。
※2：山中湖にあった「いがらしゆみこ美術館」は二〇〇五年三月、閉館。

ポジティブ

おいらは日活の撮影所でこいつを書いている。金子修介監督の『恋に唄《うた》えば♪』の現場だ。竹中直人《たけなかなおと》さんと優香《ゆうか》ちゃん主演のミュージカル映画だ。もう充分みんな分かっていると思うが、優香ちゃんはかわいいぞ、っていうか、か〜わ〜い〜い〜ぞ〜〜。ようやく『眠れぬ夜を抱いて』がクランクアップした。なかなか大変なドラマだったが、楽しかった。つーわけで、打ち上げに行ってまいりました。おいらは舞台でもTVでも賑《にぎ》やかでうるさい現場が多く、打ち上げはたいていドンチャン騒ぎになるのだが、こういう静かな感じの現場はどうなっちゃうのか楽しみだった。

すると案の定、思いっきり打ち上がっとったんだな。高くジャンプするために膝《ひざ》を深く折るというか、解放するために鬱屈《うっくつ》するというか。

この間、友人の犬山イヌコと話してたんだが、おとなしいヤツほど、酔っ払った時の爆発力がすごいと。小学校の頃いつもいじめられてたヤツが、イス持って暴れたりするじゃん。おいらたちは「発狂」と名付けていたが、あれと同じだね。……違うか。まあ、なんせ楽しい会だったわけだ。

おいらは、りょうちゃんと伊藤裕子《ゆうこ》ちゃんの間に席を陣取り、お大尽気分を満喫しておった。至福と私腹を肥やしていたその時、仲村トオル君の挨拶《あいさつ》が始まった。

「みなさん、お疲れ様でした。僕は原作を読んだ時、当然主役の欧太も魅力的でしたが、葛井《くずい》の役もやってみたいなと思いました」

お、おいらの役じゃねえか。

「ストイックで一本気で、自分を律し、恩人に忠誠を誓う。こういう男をやってみたいと」

うんうんそうだろう。ま、おいらがやっちゃったからね。

「自分がやるにはやはり少し身体《からだ》を絞らなければいけない、鍛えなければいけないと」

あれ、風向きが変わったぞ。

「初めての現場で古田新太氏の身体を見た時、これでいいのかと、自分の本の読み方は間違っていたのかと思いました」

場内大爆笑。

ち、ちがう、仲村君！　君は間違ってなんかいない。葛井はそういう男だ。じゃあ、おいらの太っちょの身体は何だと。いや、これも間違っちゃいない。間違ったのは、いや悪いのはキャスティングした人だ。プロデューサーがそういう役をおいらに振ったのが悪いんだ。こういうのをミス・キャストというんだ。

さあ仲村君、終わったことは忘れて今日は飲もう、食おう、歌おう。

反省のない人生には、幸せしかない。

仮面ライダーがあったか

この間、ドラマのロケに哀川翔《あいかわしょう》さんのお子さんが遊びに来ていた。とてもかわいい子だったので、少し声をかけてみた。あまり相手にされなかった。共演者の金子昇が声をかけた。子供は真っ赤になってうつむいている、が、嬉《うれ》しそうだ。この態度の違いはなんだ。金子が男前だからか。違う。なぜなら、奴《やつ》はガオレッドだからだ。

ちょっと前の映画の現場に、エキストラの子供が来ていた。かわいかったので声をかけてみた。踵《きびす》を返して逃げていった。共演者の玉山鉄二が声をかけた。嬉しそうにニコニコしている。挙げ句、サインをねだっていた。この態度の差はなんだ？　鉄二がさわやかだからか。否《いな》！　なぜなら、奴はガオシルバーだからだ。

意味が分からない大人も多いと思うが、奴らは『百獣戦隊ガオレンジャー』だ。ヒーローは子供にもてる。ついでにお母さん達にも、もてる。もてたい。おいらはもてたい。女子供にもてたい。

昔『燃えろ!!　ロボコン』に、「満点さん」という役で出た。ビンゾコメガネに学生服、なんでも本で調べて解決する、ロボコンの恋敵《こいがたき》役だ。すると娘の友達の間で、おいらの株は急上昇した。「満点さん」でさえだ。

これがヒーローだったとしたら、大変だ。お父さんがヒーローだ。「変身して」コールの嵐《あらし》だ。

「ごめんね、今日は悪い奴がいないからね。みんなみたいないい子の前では、この格好でいさせてね」

つきたい。そんないい加減な嘘《うそ》がつきたい。しかし、おいらもいい年だ。しかも、でぶっちょだ。ヒーローは無理か。

そうだ！　キレンジャーはどうだ？　毎回カレーを食う役だ。デブでもいい、力持ちに見えればいいのだ。いや、もてない。カレーばっか食ってる奴がもてるわけがない。アカやアオの方がかっこいいに決まっている。

などと言っていると戦隊ものの映画の出演依頼がきた。やったーっ。役名は？

「宇宙忍猿ヒザール」

ダメだ。悪者じゃダメだ。怪人じゃダメだ。しかもサルの怪人じゃもっとダメだ。嫌われるに決まっている。

そうだ！　隊長はどうだ？　いいものの隊長だ。変身はできないが、かっこいいコスチュームが着られる。ヒーローより老《ふ》けててもいい。体格も貫禄《かんろく》があった方がいいだろう。宇梶剛士さんもやってたし、小劇場出身でもいいはずだ。よし、ウルトラマン・シリーズだ！

ダメだ。「コスモス」が恐喝容疑で捕まった。ＴＶも映画も打ち切りか？　ダメか……もう無理か……もてねえのか……。

風呂《ふろ》上がりの夜空に

「風呂上がりですか?」

背中越しに内村さんに声をかけられた。周りの連中が笑っている。おいらの襟足《えりあし》から滝のように汗が流れ出ている。暑い。今年も暑い。何なんだよ、夏。愛なんていらねえよ、夏。

おいらは今、『ぼくが地球を救う』※1の撮影中である。経理課の課長役である。炎天下でも容赦なく背広にネクタイだ。

暑いと人類は汗をかく。おいらは人の3倍汗をかく。その量たるや尋常ではない。5分に約1リットルの汗をかく。正確に量ったことはないが、たぶん正確だ。衣装はびしょびしょ。メイクはあっという間に落ちてしまう。おいら的には別にかまわないのだが、周りの人間はたまらんらしい。

メイクさんは1カットごとに、ティッシュでふき、ファンデーションを塗り、粉をはたいてくれる。はたき終る頃には次なる汗が吹き出してくる。作業は一生終わらない。髪から落ちるしずくを拭《ふ》くとセットが崩れる。ドライヤーをあてると倍の量の汗が吹き出し、常に風呂上がり状態である。

衣装さんはシーンごとにアイロンである。乾かしても、もうびっしょり汗をかいているので、着た瞬間に濡《ぬ》れてしまう。

前回のドラマの時、中華料理店の一室で、静かなシーンを撮っていた。おいらのアップ、仲村トオルのアップ、そしてまたおいらのアップ。

「ハイ、カット！　もう一度お願いします」

「古田さんの顔直して！」

世にも希《まれ》な汗NGである。

「デブに夏の密室シーンさせんなよ」おいらが言うと、

「そんなに暑くないいすか」仲村トオルが答えた。

バーカ、デブは暑いんだよ。現場の控え室で、エアコンの設定温度を低くしようとするたびに、必ず女優さんが「ちょっと寒くない？」「そうねー」とか言ってエアコンを切ってしまう。何すんだおメーら。寒いぐらい我慢しろ。こちとら、汗かくんだよ。NG出すぞ、汗NG！　出されたくなかったら、撮影現場は冷蔵庫のように冷やせ。

まったくサラリーマンの服装は何なんだ。ネクタイって何だ。背広って何なんだ。

全然、機能的じゃない！　全員Ｔシャツに短パンでどうだ！　街の営業マン諸君！　今こそ立ち上がれ！　汗かきにも人権を与えろ。しまいにゃ回るぞ。ターン切るぞ。スプリンクラーのように飛ばすぞ、汗を。口に入るぞ、ヒーヒッヒッヒッ。ちくしょう。

夏なんていらねえよ、夏。

※１：２００２年７月〜９月、ＴＢＳ系列で放送されたドラマ。主演は内村光良《てるよし》。

サバイバル

夏休みである。といっても、おいらたちの仕事はまとまった休みが取れない。取れる人は、大御所か全く売れてない人である。

この間、2日間の休みが取れたので、家族を連れてバンガローにキャンプに行った。キャンプと言っても、山や海や川に行ったわけではない。東京に「多摩テック」という、キャンプもできる遊園地がある。1泊2日で、乗り物乗り放題、夜はバーベキューと花火、朝は飯ごう炊さん、温泉にも入り放題というパックのお手軽キャンプである。

直ちに電話をし、予約を取り付けた。

「たったひとつだけバンガローが空いてます」ついている。

出発の朝、おいらと娘は異様なテンションで早起きし、遊び道具でパンパンになったリュック(バーボン2本在中)を背負い、GOGO気分で多摩テックへ向かった。チェックインを済まし、今夜泊まるバンガローに荷物を置きに行った。

えらいことになっていた。ガキだ……ガキだらけだ。キャンプ場のいたるところに、アリのようにガキどもが群れている。何だコリャ。

ソッコー管理室に聞きに行くと
「スイマセン。今日は○○幼稚園のお泊まり保育で、古田さんのバンガロー以外は全部園児なんですよ」

……終わった。バカンスを満喫する作戦は消し飛んだ。自慢じゃないが、おいらはガキが嫌いだ。一人二人ならまだしも、群れているガキは戦争より嫌いだ。

「ご迷惑をおかけすると思いますが、よろしくお願いします」

可愛《かわい》い保母さんがやって来た。自慢じゃないが、おいらは保母さんが好きだ。

「ええ、全然かまいませんよ」微笑《ほほえ》み返した直後だ。

「おじさんあそぼー」「このおじさんTVで見たことある」

アリどもが来やがった。つかむな。服をひっぱんな。クソ、おいらにぶらさがんな。あ、うちの子かよ……。

それからは地獄だ。どこに行ってもガキどもが付いて来る。しかも10人20人だ。なぜおいらが園児のためにバーベキューを焼いている。なぜおいらが散らかった花火を片付ける。なぜ……。

怒濤《どとう》の半日が過ぎ、いよいよ、大人の時間だ。

「今日はどうもありがとうございました」

大好きな保母さんがやって来た。

バーボンとコップをいくつも持ち、最高の笑顔で答えた。

「いーえ、ボク子供好きですから」

「じゃ、おやすみなさい」

保母さんたちはテントに帰っていった……。

虫の声を聞きながら、バンガローの前で独り飲むバーボンは少ししょっぱかった。

おいらは、もう二度とキャンプには行かない。

アニエスb《べー》?

『フレンドパーク』に行ってきた。そう、あの関口宏《ひろし》さんがTBS系でやっているあれだ。おいらの相方は今ドラマ『ぼくが地球を救う』で一緒の哀川翔さん。

まず1ヵ月ほど前に「出ませんか」と番組側に言われる。

「出る出る、パジェロ欲しい!」となる。家族に話す。

「ワーイお父さんがパジェロを取ってくるぞー」娘がはしゃぎ出す。

「あたしはパソコンが欲しいわ」家内が叫ぶ。

「ダーツの練習に行かなきゃ!」二人してのたまう。

おいらは微笑《ほほえ》みながらたしなめる。

「おいおい、待て待て。その前にゲームに勝って金貨を取らなきゃいけないんだぞ」

おいらにはまだまだ余裕がある。

ドラマの現場に行く。

「古田さん『フレンドパーク』に出るんですってー」真中瞳《まなかひとみ》が叫ぶ。

「俺、多分休みなんで垂れ幕作って応援に行きますよ」金子昇が吠《ほ》える。

「おれらグランドスラム取ったことあるんですよ」内村光良さんが笑う。

「トランポリンは前に跳ぼうと思わないで、上に跳ぶといいっすよ」ホリケンが教える。

「古田さん楽勝ですって」袴田吉彦《はかまだよしひこ》が自慢する。

そろそろおいらにプレッシャーがかかってくる。

そこへ哀川さんが入ってきた。

「オウッ古田くん、ジャージ揃《そろ》えようぜ。やっぱやる以上はやる気見せなきゃな。俺は黒のアニエスbの横白ラインで行く気なんだけどそれで揃えていいかな」

「あ……はいっ」

「ようし、じゃナイキのリストバンドも揃えよう」

「えっ？」

「それは私が買っときますよ」衣装さんと持ち道具さんが奥から声をかけた。

「当日は私現場に行きますから」メイクさんがニッコリした。

再び哀川のアニキだ。

「古田くん、せっかく出るんだ。これも勝負だ。取れるもんは取る！　狙《ねら》っていこうぜ！」

この時点でおいらの余裕は0％になった。

そうなの？『フレンドパーク』ってそんな番組なの？　遊びじゃないんだ。命がけなんだ。楽屋のそこかしこで「このゲームは……」だの「クイズは模試をした方が……」だの始まっている。全員が、パジェロとグランドスラムのユーロディズニーの話をしている。プロデューサーも「ちゃんと準備していった方がいいですよ」と一言。おいらはガチガチになって家に帰り、一部始終を娘に話した。娘は、

「みんな大人げないね。でも分かっていると思うけど、タワシ取って来たら殺すよ」

おいらは番組前につぶされた。ノット・フレンドパークだ。結果は9月9日のオンエアで。あ、この発売日だ。

リベンジを誓う古チンであった(涙)。

リーチ

夏が終わっていきました。始まれば終わるのです。うちの劇団の『アテルイ』も終わり、おいらが出ていたドラマ『ぼくが地球を救う』も終わっちまいました。

さあ、打ち上げだ！　自慢するわけではないが、おいらは日本で一番打ち上げを大切にするタレントだ。自分の出ている作品はもちろん、出てないお芝居やドラマ、知らない人がやっているコンサートなどの打ち上げにも進んで参加し、誰よりも打ち上がり、金を払わず帰っていく。自他共に認める打ち上げストだ。

ツー訳《わけ》で、金子修介監督、優香・竹中直人主演『恋に唄《うた》えば♪』の打ち上げに行って参りました。

広尾の香港《ホンコン》ガーデンにて、にぎにぎしくスタート。ザッツ業界ってな感じの手慣れた挨拶《あいさつ》、「少々長くなってしまいましたが……」分かってんならさっさと終わらせろよ的訓辞、誰だかはっきりしない人の乾杯が終わって、ご歓談をしばしだ。いつもの打ち上げだ。さあそろそろ時間だぜ。

「ビンゴゲームを始めさせていただきます」

ついに来た！　人間の欲望のるつぼ、友達、仲間という言葉の空々しさを思い知る時間、ビンゴゲームタイムだ！

知らない人はいないと思うが、数字がランダムに並べられたカードの、縦・横・斜めいずれかの列が、読み上げられた数字で１列並べば当たり、という当てもんゲームである。

芸能界のビンゴの賞品は豪華だ。旅行券、商品券、現金！　最近の流行は、ＤＶＤホームシステム、液晶ＴＶ、パソコンと言ったところか。この時間はタレント、スタッフ、マネージャー、スポンサー、関係なしだ。熾烈《しれつ》な物欲大会が繰り広げられる。

誰もふざけてなんかいない。タレントさんはそんなにガツガツしないだろうって？　さにあらず、一番獣になるのがタレントだ。普段から目立ってなんぼの職業。さもしい根性をムキ出しにする。

一番笑ったのが玉山鉄二。ＴＶ狙《ねら》いで最初っから一番前に陣取り
「リーチ！」

などと一喜一憂した挙げ句、スマイルマークのお風呂《ふろ》遊びセットだ。ゲラゲラ。

篠原《しのはら》ともえちゃんは、日テレのジャンパー。カードを２枚持っていた優香ちゃんは、日テレリュックと日テレセカンドバッグだ。お前ら二人とも明日から日テレの社員だ。

竹中さんにいたってはボウズだ。ゲラゲラ。みんな、打ち上げには、もっと真摯《しんし》に臨まなくてはダメだ。

さ、おいらは当たったＤＶＤを売り飛ばして、もう一軒飲みに行くか。

ＭＹ古都京都

古田は今、京都に来ております。この季節の京都はいいねえ。暑くも寒くもなく、秋の長雨もまた風情《ふぜい》があってよしって感じか。

そんな中『暴れん坊将軍 スペシャル』を撮っとります。大好きな時代劇だ。悪役だ。やったー。やりたかったんだよねー、舞台とか映画じゃなく、ＴＶシリーズの悪役。「お主も悪《わる》よのう……」とか「手前どもはそんな女、見たことも聞いたこともございませぬ」とかキリがないのでこの辺にするが、とにかくそういうやつだ。楽しくて仕方がない。思わずヌワッハッハッと笑ってしまう。

ところが、この楽しさに反して、時代劇は撮るのが大変なのだよ。メイク、カツラ、衣装、持ち道具等、当然現代劇の3倍は時間がかかる。照明や大道具もしかり。セッティングが大変だというわけだ。

それが終わるまで役者は何をしとるか。……待つ。ひたすら待つ。普通のドラマや映画も待つのだが、なんせ時代劇、カツラである。着物である。寝ころべないのである。カツラがへこむのだ。着物がシワになるのだ。帯がつぶれるのだ。もたれないでイスに座り、待つ！ 待ち続けるのだ。

今日の古チンの仕事は、鉄砲に撃たれるカットだ。ヨーイスタート。パーン。ウワア〜。これだけだ。このカットを撮りにのぞみに乗って東京からやって来た。

衣装を着てカツラを付け、15分前にセットに入る。

「ちょっと押してますので、しばらくお待ち下さい」

OK!! 待つぜ。おいらは役者さ。待つのも仕事さ。待っている間に演技プランを練っちゃうぜ。早く撮らねえと、えらいカッコイイシーンになっちゃって、松平健さんが嫉妬《しっと》しちゃうぞ。

1時間がたった。……退屈だ。

「古田さん、もうちょっとかかりそうだわ」

あっそう、先にメシ食っちゃおうかな……。

2時間たった。頭がかゆい。帯がかゆい。なんか全身がかゆい。メシ食ったのですごく眠い。

「あのう、まだ始まりませんかね？」

「あ、古田さん、今からスタッフ食事になりました」

ガーン。

「何とかメシ押しでいけませんか」[※1]

「じゃ、やりまひょか」

やったー、待った甲斐《かい》があった。古田がんばりますよ。

ヨーイスタート、ガーン、ウガアッ、ハイＯＫ、お疲れ様でした。弾着で体が血まみれだ。風呂《ふろ》に入るぞ。本番が始まって風呂までの時間はたったの５分。京都芸能界はキビシイ……。

※１：食事時間を遅らせること。

マッスルヒート

約1ヵ月にわたる京都シリーズを終え、古チンは舞台の稽古《けいこ》に入っております。劇団☆新感線公演『七芒星《しちぼうせい》』！　おいら2年ぶりの本公演であります。今回の舞台は中国。出てくる人はみんな拳法《けんぽう》や剣法の達人である。中でもおいらは、一番の使い手だ。

か、体が痛い……。8ヵ月ぶりの舞台。その間、いかに体を動かしていないかの証《あかし》であります。全身を襲う筋肉痛、重い体、上がらない足ｅｔｃ……。いやあ、なまっているとは思っていたが、ここまでとは。我ながら大笑いである。ワッハッハッハ……。

いや、笑っている場合ではない。ゲストに佐藤アツヒロ、奥菜恵《おきなめぐみ》を迎えて、劇団員が久しぶりにそろっての公演だ。おいらのせいでぶち壊しにしている場合ではないのだ。

というわけで、半年前に入会したものの、まだ2回しか行っていないスポーツジムへと向かった。知り合いの俳優やインストラクターに、

「久しぶりですねー」

「あ、もう辞めたのかと思ってましたよー」

等の温かい言葉に迎えられ、おいらはストレッチを始めた。

硬い！　石のように硬い！　これは徐々に伸ばしていかなければ、非常に危険だ。まずは体を温めよう。シャワー室に行きジャグジーだ。ふう……。いい気持ちだ。いずれジャグジーの付いた別荘が持てるといいな、ま、夢のまた夢か……。

さ、充分に体は温まった。ストレッチだ。足を開いてと。お、やはり風呂上《ふろ》がりの体は柔らかいぜ。前屈だ。……うっ痛っ腹が、腹筋がつった！　えっ腹筋が？　体の温め方が足りないんだな。よし、ジャグジーへＧＯ！

ふう……。すばらしきかな、ジャグジー。たった1回の前屈でつった腹筋さえ癒《いや》してくれる。トレーニングにおける井川遥《いがわはるか》だ！　やっぱり2回もジャグジーに入ると疲れるな。今日のトレーニングはこれくらいにして、また今度ガンバロウ。

ふう……。涼しい夕方の風が火照《ほて》った体に気持ちいい。少し喉《のど》が渇いたな。町の灯りにも、赤い提灯《ちょうちん》が灯《とも》り出した。生でも飲んでリフレッシュ。う～……。ちょっと飲み過ぎたかな。ま、でもすがすがしい充実感が体を満たす。明日からもがんばれそうだ。

こんな感じの毎日、体も気力も稽古も充実！　面白い作品になりそうだ。本番は来週東京から。大阪は来年1月だ。

舞台俳優古チンをみんな、観《み》に来るように。

[※1]If you smell what THE 古CHIN is cookin'！

※1：レスラー、ザ・ロックの名台詞より。

俺達の'80sは終わらない

扇町ミュージアムスクエアがクローズした。

ぴあの関西支社もあり、おいら達新感線の稽古場《けいこば》もあった場所が18年にわたる歴史の幕を閉じるわけだ。おいら達も店子《たなこ》としてクロージングイベントに参加することになった。演目は『オロチ』のライブだ。

『オロチ』というのは劇団内のバンドユニットで、おいらを中心とする「ロックショー」と今は劇団を辞めてしまった橋本さとしを中心とする「GTR」という二つがある。この2つを2夜連続でやっちまおうというのである。

ムチャだ。「GTR」は7年ぶり。「ロックショー」にいたっては8年ぶりだ。楽曲、歌詞、ダンスの振り、何ひとつ覚えちゃいない。しかもおいらは公演続きで、リハをする暇さえない。メンバーも公演中。いつ集まれというのだ。

2日合わせて演《や》る曲数は、30曲!! おいらは「ロックショー」にしか出てないが、両方出るメンバーは同じ曲でもポジションが変わってくる。準備期間がなさ過ぎる。ムチャだ。しかし、18年間、おいら達を見守り続けてくれたミュージアムのクロージングイベントだ。集まれる時間を見つけては、練習に励んだ。かくして本番は……。楽しかったー。面白かったー。演奏はヨレヨレ、ダンスはバラバラ、歌詞はデタラメ。でも楽しかったー。ヘドバン[※1]のやり過ぎで首は動かない、足も腰もつりまくる、体中ボロボロ。でも面白かったー。

この日のために、大阪に居残ってくれた元ハイレグジーザスのリーダー河原雅彦《かわはらまさひこ》君も、

「新感線はスゴイ！　やり続けるということがどんなにスゴイことなのか、若手の劇団は新感線の芝居より『オロチ』を見るべきだ！」

と誉《ほ》めてんだか何だか、嬉《うれ》しいことを熱く語ってくれた。

「ロックショー」終了後、メンバーは翌日の「GTR」に備えて早々に引き上げていったが、おいらは完全に打ち上がった。ミュージアムで稽古をしていた頃、よく行っていたお店をハシゴした。

最後になじみのバーで飲んでいて、自然に涙が出てきた。

18年前、おいらは19歳だった。劇団に入って1年。やっと役らしい役が付きだした頃だ。２００４年でおいらが劇団に入って20年目。劇団がつぶれそうになったことも何度かあった。そのうちの18年間を扇町で過ごしてきた。そのクロージングイベント

で『オロチ』をやった。
長すぎた青春がやっと終わる気がした。
この20年で増えた体重20キロ。父ちゃん、情けなくて涙が出てくらあ。

※1：ヘッドバンギング。曲に合わせて頭を上下させること。

ランドセルはマーガリンの香り

以前、南河内万歳一座《みなみかわちまんざいいちざ》の座長、内藤裕敬《ひろのり》さんと稽古場《けいこば》でこんな話をした。「給食ってうまかったか?」という話だ。

内藤さん曰《いわ》く、あんなまずいものをうまそうにバクバク食う奴《やつ》は信用できない、腹さえ膨らめばいいのか? 大体、全員が同じモノを食わされていることに疑問は持たないのか? 嫌いなモノを無理矢理食わされる状況というのはゴーモンに近い。ましてや誰が一番食うのが早いか競い合い、我先にと運動場に飛び出し、汚いズックで地面にラインを引き、ドッヂボールのコートを陣取り、真ん中でボールを尻《しり》の下に置いて座り、みんなが出てくるのを待っているような奴は何を考えているのか? きっとデリカシーのかけらも持っていないに違いない。

おいらはどう答えたか?

「そーッスよね。いました、いましたそんな奴。そういう奴に限って勉強ができないんですよ。給食が好きって言ってる奴は、自分は頭が悪いんですって言ってるようなもんですよ」

「おっ、やっぱ古田も嫌いだったかー？」

「ったりめいじゃないっすかー、大嫌いだったッスよー」

……ウソでした。大好きでした。誰よりも早く食ってました。ドッヂの陣取りで負けたことがありません。嫌いなモノでも無理矢理、喉《のど》に押し込んでいました。挙げ句の果てに、どーしても牛乳が飲めない子や生野菜が苦手で掃除の時間まで食わされてる子をホーキで叩《たた》いていじめていた、デリカシーのない子供でした。10年以上昔の話ですが、ここに反省と共に謝罪いたします。（内藤さん）申し訳ありませんでした。

けどね、おいらこの日まで、給食が嫌いな人がいるとは思いもよらんかったですよ。

給食のメニューを食わせる店ってのが流行《はや》ってた時、話の種に行ってみたんだけど、全然懐《なつ》かしくなかった。一緒に行った連中はすごく楽しそうにしていたが、何かつまんなかったの。おいらが食ってたメニューじゃないのよ。給食って、地域差や年代差がすごく激しいじゃない。おいら「ソフトめん」なんて食ったことないもん。牛乳に「ミルメーク」とかいう粉を入れてコーヒー牛乳もどきにしたりしてーっていうのに乗れないのよ。飲んだことないから。揚げパンの日が楽しみだったんだよねーって揚げパンって何？　ご飯の日はカレーが嬉《うれ》しかったよねー。ご飯なんて食ったことがない。カレーって何？　カレーシチューじゃないの？　ちょっと先輩になると脱脂粉乳がまずくてさー、鼻つまんで飲んでたよ、とか言ってるし。飲んだことねえや。

おいらの場合、給食は小学校だけだったんだけど、6年間ほとんどメニューが変わんなかったよ。主食はコッペパン。太い1本モノと細い2本モノがある。でも味は同じ。一体どういう違いなんだろう？　んでもって副食。汁物はカレーシチュー、クリームシチューが人気だった。みそ汁もよく出た。主食がコッペパンなのに……。食い終わったら残しておいたパンで皿をきれいにしなさいと指導する先生もいたが、おいら達はドッチの陣取りをしなきゃいけなかったので、そんな貴族のようなマネはしていられない。胃に流し込んだ後は、舌でベロベロなめていた。おかずB（サラダとかひじきとか）に、ちょっとしたもの（揚げシューマイとかウインナーとか、真四角のいかにも冷凍な鯨《ゲイ》カツとか）。んでもって牛乳。もう毎日真っ白な牛乳!!　しかもキンキンに冷えてる。うっすら凍ってるやつもあった。

このローテーションで6年間である。よく飽きなかったなあ。そりゃ、嫌いな奴から見たら、それを毎日ガツガツ食ってる奴は野蛮人だあな。さらに、おいら達グループは、わざわざ牛乳を鼻から飲んだり、パンを1回土足で踏んづけてから食ったり、ミカン丸飲みとかやってゲラゲラ笑っていた。……デリカシーどころじゃない原始人だ。

結論。おいらは給食が好きだったわけではない。給食時間が好きだったんだ。勉強しないで下品なことが思う存分できる時間だから。みんなの給食ってどうだったよ。ところでみんな、「鯨肉のノルウェー風」※1ってメニュー知らない？　神戸限定メニューかな？　家で作って食いたいから、できればレシピが知りたい。本当にうまかったのよ。そして何がノルウェー風なのかも知りたい。情報、待つ！

※1：鯨の竜田揚げのケチャップ味。また醤油《しょうゆ》味のものも。「鯨肉のノルウェー風」（4人分）のレシピ例＝①鯨肉の角切（200グラム）を、土生姜《つちしょうが》（小1片）・醤油（小さじ2）で下味を付け、片栗粉（50グラム）をまぶして油で揚げる。②砂糖（大さじ1）・ウスターソース（大さじ1）・トマトケチャップ（大さじ2）を火にかけてタレを作り、さっと煮て揚げた鯨肉にからめる。牛肉や鶏肉、鮪《まぐろ》などで作っても美味らしい。

その俳優は司会もするMさん

我々俳優の仕事は、まずセリフをしゃべることだ。他業種の友人には「あれだけのセリフよく憶《おぼ》えられるね」とよく言われる。そうなのだ。大変なのだ。いや、やってるじゃないかと言われればそうなのだが、やれてないのが現実だ。忘れたり、間違えたり、つっかかったりはしょっちゅうだ。その時、いかにごまかすかが、役者の技量なわけだ。ウム、反対意見も多かろうが、おいらはそう断言してしまおう。中には完《かん》璧《ぺき》に憶えてきて、相手がどうとちろうと、どうちょちょまろうと、あっさりと芝居を作っちまう人もいるよ。けど、おいらに言わせりゃ、そんなものに面白味はないね。ライブ感がないよ。そんなもの技術だよ、技術。技量じゃないよ。アーチストたるもの、ミスピッキングを新たな音に進化させ、客を楽しませなきゃ、失敗をもって成功としなきゃ。……て、自分の言い訳ばかりをしているような気になってきた。

で、いろんな現場でいろんな人に「どうやってセリフを憶えるのか」と問うてみた。するとどうやらみんな、あまり苦労してないようだ。家でぼんやり憶えて、当日リハーサルでちゃっちゃと憶えるらしい。ごく希《まれ》に「1回読めばたいてい入る」と答える天才型や、一度ノートに書いて憶えるといったプチ努力家などいたが、たいていの人は3、4回読んで、憶えられないところは、もう何回か繰り返すだけだという。すごい!! みんなエライッ!! やっぱりそういう人が役者になってるんやねー。おいらだけか、何十回と読んでも憶えられないのは。向いてないのかねー。あれだね、背を高くしたいから、バレーボールとかバスケットボールをやろうとする、背の低い中学生と一緒だね。あれは元々背が高い人がやるスポーツで、あれをやって背が伸びたわけではない。元々、セリフ憶えの悪い人間は役者に向いてないっちゅうことなのか?

この間、新感線が『花の紅天狗《くれないてんぐ》』という芝居をやっていた。おいらは7年前の初演に出てたんだが、その時に、

「君達は、その遊び半分の人間に負けたのだよ……」

とか何とかいうセリフがあった。勝者の言葉だ。思い入れたっぷりに気障《きざ》に、嫌味ったらしく、居丈高に言うセリフだ。おいらはその日も、めいっぱいカッコつけて言った。

「君達は、そのあ、あ、あそぶはんびんな人間に負けたのだよ……」

お前が負けとる。何じゃ「あそぶはんびん」って。うろ憶えで舞台に出るからじゃ。

こんな間違いを犯した日にゃ、その後いくらガンバっても愚かなだけ。しかし、これがあるから面白いってとこがある。言い間違いって、真剣であればあるほど面白い。どんなに笑いの天才が計算したネタをやっても、本気で間違えたヤツにはかなわんもんなー。

ある時、先輩がおもいっくそカッコつけて「赤影、とんじょう!!」と叫んだ時には死ぬかと思った。とんじょうって……。多分、正解は「参上」なのだけど、「登場」って言いかけて混ざっちゃったのね。にしても「とんじょう」って。「豚場?」ってつっこみたくなるでしょ。

「生まれてこのかた見たことがない」ってセリフを「生まれてこのかた寝たことがない」って言った人もいた。死んどるわい。そんなやつぁおらん。少なくともおいらの周りには、生まれてこのかた寝たことがない50代は一人もおらん。あ、あんただけや。ま、人のことは笑えるのよ。自分のことは笑えんのよ。向いてないのよ。勢いとリズムだけでしゃべってるからこんなことになるのよ。けどおいらも含めて、この二人も何のかんの言って役者をやって食っとるんだから、セリフ憶えが悪くても役者は務まるっちゅうことやね。っていうか、向いてない人の方が面白いやん。……て、やっぱり言い訳か……。

余談だが最後に、最近一番笑った言い間違い。ある売れっ子俳優の奥さんがパーティ会場で、
「あそこに立ってるのがうちの主人です」ってのを
「あそこが立ってるのがうちの主人です」とのたまった。
助詞も難しいですな。

10万V（それはアクション）

おいらは基本的にお仕事は断らない。面白そうだなと思ったら時間がある限り受けようと思っている。なんせこの仕事、人から呼ばれなきゃなんの意味もない。呼ばれてるうちが華なのよ。それで、おいらはこうして文章を書いたり、ＤＪをやったり、ＴＶに出たり、歌を唄《うた》ったりして、好きなことをやっている。

んがっ、どーしても苦手なものがある。「リポーター」だ。いろんな物や事を紹介する仕事だ。苦手だ。大いに苦手だ。大体において、おいらはリアクションが薄い。役を演じてる時とは違って、普段のおいらは驚くほどテンションが低い。あまりの無反応に驚くと思う。感動しないわけではない。前にも書いたように、おいらは泣き虫だ。『はじめてのおつかい』なんか見せた日にゃ、その日１日使い物にならないほど、泣く。だが、心情が表面に出にくいのだ。まず、あまりびっくりしない。

昔、デート中、喫茶店でお茶している時に彼女が言った。

「今日、彼氏が来てるんだ」初耳である。

「今から呼んでくるから、挨拶《あいさつ》して……」

結局は彼女のいたずらだったのだが「へー」と、彼女が連れてきた男友達に長々と挨拶した人だ。親父《おやじ》が倒れた時も「あっそう」と言った人だ。こんな人はリポーターには向いてない。

そんでもって、自分の興味のないものには一切興味を示さない。

「この山は昔から子供が登ると頭がすごく良くなるんじゃ」村の長老が語る。

「へー」

「じゃがな、頂上にあるほこらの重ねてある石だけは、絶対に持って来ちゃなんねえ。必ず身内の者が命を落とすであろう」

「あっそう」

盛りあがんねー。

それに加えておいらは、痛みや辛さ、熱さなどの刺激に強い。若い頃、TVでリポーターの仕事をやった時のことだ。激辛とゲテモノのリポートだった。これがまた得意中の得意分野だ。その店で最も辛い地獄ラーメンを無言で食べ続け、スープを飲み干したのち言った一言が「うまいっ！」である。んなアホな。「カアッラ～～ッ！」でしょ。店主は「はい古田さん、のどが渇いたでしょ」っつって、ドリンクを出してきた。メキシコの唐辛子入りビールだ。おいらは「ありがとう」と言うが早いか一気に飲み干した。出た言葉が「うまいっ」違う!! みんなが期待しているのは、そんな言葉じゃないでしょ。

コウモリの時もそうだ。恭《うやうや》しく登場した銀の食器。両端に取っ手が付いてて、蓋《ふた》がしてある長方形の上等のヤツだ。蓋を開けると、真っ白なスープに、体毛と共に浮かぶ羽の長さ40センチほどの真っ黒なコウモリ尾頭付き&目ン玉ポロリの姿。こいつを見て古チン一言。

「あらー」

違う! 全く分かってない。おもむろにスプーンを取り出し、その毛まみれのスープを口に含んだ。そこで一言。

「なるほどな」

それじゃ、わーからん。伝えろ、雰囲気を。状態を。感想を細かく言えッ!! 当然、収録後ディレクターに言われた。

「使えないよー」

いやね、後から考えると分かるのよ。難しいよー、あったことを即座に、より一層思い入れたっぷりにしゃべるのは。才能だと思うね。

うちの奥さんはリポーター歴が長かった。確かにうまいもん。おいしいものを普通においしいと言わんもん。いろんな「おいしい」っていうトーンをもっとるもんね。何でも楽しそうに笑うし。ある先輩の芸人さんに「おまえの嫁、何でもよう笑うやろ。あんな嫁はんおったら芸腐るぞ」と言われたことがある。確かにそうだ。自分がめっちゃ面白い人間だと誤解しそうになる。気を付けよう。

おいらは、自分にできないことを見事にやってのける、いわゆる「リアクション芸人」と言われたりする人達が大好きだ。ダチョウ倶楽部《くらぶ》さん、出川哲朗《でがわてつろう》さん、江頭《えがしら》2：50《にじごじゅっぷん》さん、勝俣州和《かつまたくにかず》さんなどたまらない。特に山崎邦正《やまさきほうせい》さんは、リアクションの帝王だと思う。見る度に涙を流して笑ってしまう。これからもがんばってほしい。あれ？でもあんまり山崎さんのリポートって見たことないな。えっ。リポートとリアクションって上手な人イコールじゃないの？

卵一日三千個

しかし暑い!!　IT'S　HOT!!　夏ってなんだ?　やる気しねーし、ダリィし、日焼けしちゃうし。大量に水使うし、ガンガンにクーラー効かせちゃうし、無駄なことだらけ。汗ダラダラかいて、体ネタネタだし。運動したり、サウナに入ったり、辛いもの食ったり、能動的にブタ汗かくのは大好きなんだけど、受動的っていうの?　かく気はないのにダラダラ出てくる汗は大嫌いだ。極寒のツンドラ地帯に行きたいよ。氷の家で毛皮着て、犬ぞり乗って、ウォッカ飲んでコサッキーなダンスでも踊りたいよ。シベリアにでも引っ越すか。引っ越さねえけど。

みなさんはいかがお過ごしですか。言ってもしょーがないんだけど暑いですな。日本に住んでいる限り、このムシムシ、ジメジメな季節と付き合わなきゃいかんのですよ。そこで、どうしましょ?　スタミナつけるか?ってんで、「ギョーザ」だ!!　庶民の滋養食品、ニンニクパワーギョーザなのだーっ!!　むやみに力んでみました。

ギョーザと言えば、「王将」。仕事が昼前に終わると、確実に行っちゃうね。まず生ビールとギョーザ。そして冷《ひ》や奴《やっこ》かザーサイ。名付けて「おつかれセット」。小腹がすいてたらニラレバ炒《いた》め付けちゃうね。夏を乗り切るに最強のラインナップだ。最近はパリパリギョーザだの、チビチビギョーザだの、棒だの鉄鍋《てつなべ》だの、いろいろうまいギョーザが出てきとるが、やっぱ王将！　ジャンボなのをがさつに口に放り込み、アツアツのアンで口の中の皮という皮をベロベロにめくり、そいつごと生ビールで胃の中に流し込むというのが、正式なギョーザのマナーではないか？

っつーことでまた、近所の王将に行って来ました。午前11時。開店直後の王将はおいらにとって最高の癒《いや》しの場だ。おいらを含めて客は3人。ラーメンをすすっている推定年齢50代中盤の水色のワンピースを着たババア、左の耳にイヤホン、胸ポケットに赤と黒のボールペン、やせた腕に不釣り合いなごついシルバーの腕時計、人生の最終コーナー回った感じの70近そうなじじい、当然3人とも生ビールだ。

「今日は仕事っちゅう仕事ないもんねえ」っていうダメダメ空気がビッシビシに充満している。日々仕事に追われ、ギスギスしていた気持ちが癒されていく。

「よかった。日本という国の、中途半端《はんぱ》なダメ大人になって、本当に良かった」

そう思った瞬間、王将はおいらのリラクゼーションルームになった。

しかし、その時間は、たったの1時間だけ。12時からの王将は戦場である。午前中めいっぱい働いた日本を支える人間達の給油所と化す。セールスドライバーであろう作業着の3人組。

「日替わり3つとギョーザ3枚!!」

注文の仕方がもう男らしい。悩まない。

スーツ3人とポロシャツ1人の4人組。企業戦士であろう。ポロシャツはなんかナヨッとしている。足の組み方も、スネを絡《から》ませるようなホステス組みだ。チッそぐわないぜ。案の定、他の3人がホイコーローだの焼き肉だの言ってる中、

「冷やし中華、単品で」

普段は、モスでランチだな、このヤロ。今日は誘われて来やがったな。ま、今日たまたまとは言え、王将に来たのだ。午後もめいっぱい働けるであろうて。

来た!! 全員軍足5人組。一番年上であろう白髪ロン毛後ろしばり、口ひげのオヤッさん、前歯1本欠け、白いヒゲは煙草《たばこ》のヤニで若干黄色く染まっている。カッチョいい! 当然全員メシ大盛り定食＋ギョーザだ。そして
「瓶ビール1本」

くーっこれだ。働く男達のハイオクタン! 頼もしきかな日本! 大和魂、未《いま》だ死せず! 食ってくれ、みんな、腹いっぱい食って、午後もめいっぱい働いてくれ、男達よ。この頃になると店内は、店員も含めて働く男達の熱気でむせ返るようだ。

「イーガーコーテー！」「ポパイ、イー！」

王将サイコー、日本サイコー。

あなた達がいるんだ。この不況も、直《すぐ》に上向くに違いない！　おいらは満足感をかみしめながら、高々と上がった太陽の下、千鳥足で帰路に着くのだ。みんな働いとけー、おいらは帰って寝るから。

洗体槽は好きだった

人はなぜ泳ぐのか？　単純にこの夏の熱気から逃れるために、冷たい水を求めるのか。遠い過去、海から生まれ、進化と共に陸に上がった生物としての記憶の中にある、癒《いや》しを求めての母なる水への回帰なのだろうか。

知るか、ボケッ。I HAVE NO IDEA！

無駄なんだよ泳ぎなんて。おいらなんか、もう16年も泳いでないもんね。プールなんて、20年も入ってないもんね。それでも全く困ったことないもんね。金払って泳ぎに行ってる人間の気が知れねえや。

この間、私、20年ぶりにプールで泳ぎました。「なんだそりゃ！」と言うなかれ。仕事だ仕事。そんでもってただのプールじゃねえぞ。聞いて驚け、成城東宝スタジオ特撮プールだ。知ってる人は知っている、通称「ゴジラプール」！　そう、歴代ゴジラの海上シーンを一手に担《にな》ってきた特撮専用プールだ。ここでゴジラはエビラとの南海の大決闘を制し、アンギラスと吹き出しでしゃべりながら日本を目指し遠泳したのだ。水泳不要論者のおいらをも泳がせる気にさせた大したプールである。

当日、目の当《ま》たりにして改めて驚いた。デカイッ。想像以上に雄大だ。ざっと見たところ150×70メートルと言ったところか？　それと同等の大きさのホリゾント（背景に当たる真っ白い壁）がそびえ立つ。普段、舞台やTVスタジオでチマチマやってんのとは訳が違う。ここで世界のクロサワが、世界のツブラヤが作品を作っとったのだ。全然関係ないのに勝手なスケールアップ感がおいらを包む。広大なオープンロケも燃えるが、巨大な建造物も人をその気にさせる。

「古田さん出番です」

「オウッ」

おいらは真っ白なガウンを脱ぎ捨てた。お風呂《ふろ》コントでみんな着ている肌色のちっちゃな「裸パンツ」一丁。ワイヤレスマイクを首から下げると誰もが志村気分。ついでなのでウレタンで作ったチビチンチンも付けたいと訴えたが、「その必要はありません」と衣装さんに丁寧に断られた。

いよいよ伝説のプールに足を踏み入れる。……浅いっ！　ちょっと不甲斐《ふがい》ないくらいに浅い。おいらのへそ上くらいか。そうだよな。深けりゃ、着ぐるみの役者さんが軒並み溺《おぼ》れるってもんよ。太陽の熱を吸収した水は、いい感じでぬる冷たい。ふうっと一息つき、顔を洗ってみる。気持ちがよい。

鼻の横がモゾモゾする。つまんで見た。ボウフラだ！　いくら巨大とはいえ、いつ使うか分からんコンクリ打ちっ放しのプールだ。しかも浅いもんだから水はぬるい。そりゃ虫もわくだろうて。ちなみに1回水を入れ替えるだけで３００万かかるらしい。だが、こちとらガキの頃から農業用水の運河で泳いできた男だ。ボウフラや少々のゴミ、どーということはないわ。

平泳いでみる。体が前方にスーッと進む。調子は良さそうだ。おいらは、いきなり前方回転するや抜き手を切って泳ぎ出した。

「あっ、古田さん、リハやりますよ！」

助監の声を尻目《しりめ》においらはその広いプールを縦横無尽に泳ぎ回った。クロール、潜水、横泳ぎ、背泳ぎ……16年泳いでいないとはいえ、体は憶《おぼ》えているもんだ。ぐいぐいと泳ぎ進んでいく。水底にびっしりと生えた名前もよく分からん藻が、後方へ流れていく。ひとしきり泳ぐと、少し重めのバタフライで元の位置に戻った。スタッフがみな一様に驚いている。

「古田さん、めちゃめちゃ泳ぎうまいじゃないですか」

おいらは自嘲《じちょう》気味に笑うと

「これでも学生の頃は高丸[※1]のモディヴィッ、ッ、ッ、ックと言われた男なんだよ」と答えた。助監は「はいはい、モビーディック※2ですね。もういいですか。リハいきまーす」軽く流して準備に取りかかった。

映画の撮影は時間がかかる。やれ太陽待ちだの音待ちだの。最初のうちはラッコのマネだの、死海で本を読む人だの、佐清《すけきよ》※3だのと一発芸でみなを楽しませていたおいらだが、さすがに1時間を超えた辺りで寒くなってきた。くしゃみが3回出た。お腹《なか》が痛くなってきた。歯の根が噛《か》み合わなくなり、ガチガチ鳴り出した。唇は紫色になってるはずだ。撮影が始まった。ボディボードに仰向けに寝そべり、プールの端を蹴《け》る。一発OKだ。ガタガタと震えるおいらの体をバスタオルが包む。

おいらはまた何年もプールに入らないだろう。ゴジラプールよ、思い出をありがとう。そしてさようなら。

※1：古田が若き頃に過ごした街。※2：ハーマン・メルヴィル原作、ジョン・ヒューストン監督の映画『白鯨』（1956年）に登場する、巨大な白鯨の名前。※3：映画化やドラマ化もされている、横溝正史の推理小説『犬神家の一族』の登場人物。

ゼリー状の薬を売ってくれ

おいらももう30代後半。人から「古チン」とか呼ばれて「ハーイ」とか言っとる場合ではない。もうちゃんとした大人である。体にも気を遣わなきゃいけない。周りの人間もなんだか「肩があがらん」だの「腰がどうも」「膝《ひざ》が云々《うんぬん》」などと言い出している。クロレラだのアミノ酸だの各種サプリったりしている人が増えてきた。おいら的には、自分の体ほど丈夫なものはないだろうと思っておったのだが、「まあ、それを確認するつもりでちょっと調べてみるってのもいいですよ」つー伊藤英明《いとうひであき》くんにそそのかされ、久しぶりに人間ドックに行ってきた。

検査の前夜8時以降は何も食ってはいけない。おいらは寝不足大酔っぱらい作戦を決行した。昼12時くらいから酒を飲み始め、夜の8時には何も胃に入れたくない状態になり、イタズラに起きていられるだけ起きておき、検査中ガンガンに寝ていようという計画だ。8時半ぐらいまで飲んでしまい、しかも前後不覚どころか、ビッシビシに絶好調。目が冴《さ》えて全く眠くならない。計画通り寝不足にはなれたので結果オーライだ。朝うっかりコーヒーをがぶ飲みした以外、ほとんど言いつけを守り、病院に向かった。

どの先生も看護師さんも優しい人ばかりで、ちょっと拍子抜けだった。まずは血液検査だ。おいらは血を抜かれるのが大好きだ。だが、おいらの血管は女性並に細くて取りにくい。看護師さんも注射器をいろんなところにプスプス刺している。毎度のことなので、おいらはニコニコしながら「ねえ、取りにくいでしょ」と言ったらイヤな顔をされた。血圧を測って、次は脳検査だ。X線で脳を輪切りにして見る、でけえ機械に入れられた。ゴォォン、ゴォォン、ブビッブビッという音がずっと鳴っている真っ白な細いトンネルに、ベッドに縛り付けられたおいらが送り込まれていく。自分が改造されていくようだ。本郷猛《ほんごうたけし》気分になったおいらは叫んでみた。

「やめろお、ショッカー!!」

「はい、古田さんしゃべらないで」技師さんに叱《しか》られた。

ふんっ、今ちょっと笑ったくせに。

次はいよいよ本命、胃カメラだ。女の先生がおいらに尋ねる。

「歯磨きするときにオエッてなる人ですか?」

「はい。オエッどころかボゲェーってなる人です。時々そのまま吐いてしまって、血が出ることもあります」

「それは絶対どこか悪いですね。そういうことじゃなく、異物を喉《のど》から入れるので気持ちが悪くなる人がたまにいますので、ご了解下さいということです」

おいらは女先生に言われるがまま、ベッドに横になり口を開けた。胃の液体麻酔薬、錠剤の薬、喉のゼリー状麻酔薬が、事務的に次々と放りこまれていく。体がボーッとする注射を打たれ、横向いて下さいと言われる。強制的に「お」の口にさせる、ちょっぴりHな気分になるプラスチックの器具をくわえさせられる。この器具を使った作品を井口昇※1監督あたりに撮ってもらいたいものだ。などとどーでもいいことを考えていたら、すーっと意識がなくなっていった。

「あっ目が覚めました？　よくお休みでしたね」

気が付くと全《すべ》てが終わっていた。寝不足酔っぱらい作戦大成功！　何も憶《おぼ》えちゃいない。看護師さんに聞くと、おいらが横向きになって器具をくわえた後、男先生が入ってきて「はい、始めます。リラックスして下さい」と言った途端に「グオー」というびきが聞こえたらしい。普段はいろいろ話をしながらやる作業だそうだが、おいらのいびきの中、無言で胃の中を覗《のぞ》く男先生はちょっとかわいそうだったそうだ。

結果、ほとんどの数値がぎりぎり正常値であった。すごいね、おいらの内臓！　ガンマ値だかデルフィン値だかが、ちょっと高かったんでそこだけ再検査だと。チッ。

んでもってお医者さんの最後の言葉だ。

「お酒を控えて煙草《たばこ》をやめて、規則正しく生活して下さい」

わかっとるっちゅうねん。それは決まり文句か！「ここにおわすお方をどなたと心得る」か！　帰りにロイホで生ビール3杯飲んで帰ったった。

っていうか飲めば飲むほど肝臓が良くなる酒とか、吸えば吸うほど肺がキレイになるタバコとか、ええかげん作れよ。それぐらいすーぐできそうなのにな、人類の科学や化学は。できまへんか？　ま、再検査をお楽しみにーっ。

※1：AV監督・俳優。数々のAV作品や映画『クルシメさん』『恋する幼虫』（一般作品）などを監督。

Aトレイン

ダウンタウンの松本さんが、「これ、いらんのちゃうかな」という理由で、髪を剃《そ》りボーズ頭にした。それ以来ボーズ頭だ。

そもそも頭髪は、大事な頭を守るために生えているらしい。でも、どんだけ守れんの？　おいらも大分髪の毛が少なくなってきた。知り合いには、ハゲた人や植えた人等いろいろいる。ということは、おいらを含めた毛の少ない人の頭は大事じゃないってこと？　守る必要ナシ？　いや、最初から頭髪なんていらんのだろ。大体何かから守るためだったら、今や帽子やヘルメットがあるだろ。頭髪もムダ毛であるということだ。現代人にはムダ毛しか生えとらんのだ。

みんな、ムダ毛処理ってどうしてんの？　剃るの？　でもすぐ生えてくるでしょ。やっぱ永久脱毛？　大変そうじゃない？　なんかレーザー手術とかして、あざになったって話聞くじゃん。脱色？　でもモワーってなったままでしょ。

というのも、おいらはムダ毛で悩んでいるのよ。耳毛なんだけどね。耳毛が太長いんです。みんなは、よくおじいちゃん達の耳穴から習字の筆みたいな毛がビヨッと出てるやつとか、金持ちになりそうな耳たぶからヒロ～と伸びている、いわゆる福毛みたいなのを想像しているんだろうが、全然違うの。3、4センチ伸びていて、黒々としたちぢれっ毛なのよ。形態としては、陰毛そっくりなの。おいらは耳からチン毛を生やしている男なのよ。

気が付いたのは2年前。あるドラマの時、メイク室で隣の役者さんがおいらに言った「古田くん、耳に髪の毛が入ってるよ」の一言だった。おいらは、鏡を見て「あ、本当だ」と思い、その毛を引っ張った。取れない。取れないどころか、ピヨ～ンと伸びて、ピュッと縮れ戻った。は、生えてる。この毛はおいらの耳から生えている。もう一度引っ張った。5センチぐらいある。よく見るとあと2、3本は生えている。えーっ、知らなかった。生まれてこの方、自分の体からそんな毛が生えてるなんて知らなかった。抜こうと、慌《あわ》てて勢いよく引っ張った。いった～！　鼻毛やヒゲどころではない。ものすごくしっかり生えている。その役者さんが

「うわっそれ、毛が入ってるんじゃなくて、生えてんのか!?　気持ちわるっ！」

傷付いた。というよりも35年間気付かなかった不注意さを恥じた。なんで今まで誰も言ってくれなかったんだろう。行きつけの床屋さんとか、今まで付き合ってきた彼女とか……。みんなも生えてるんだろうか。

その日から、おいらはいろんな人の耳穴を見た。見て回ったと言ってもいい。確かに、ヒョロッととかピッととか短めの毛が生えている人はいたが、おいらほどしっかり陰毛な人はいなかった。どうなのよおいら、特別な人間？　ニュータイプ？　ムダ毛界のララァ・スン※1ってわけ？　最近は毎朝ヒゲを剃る時に、鼻毛切りで耳毛を切っている。気を付けてないと、あっと言う間に2、3センチ伸びていたりするからだ。

実はおいらは、女性のムダ毛が好きだった。アイドルみたいなかわいい少女にヘソ毛、いわゆるギャランドゥなんか生えていたら大コーフンだった。『ヒゲのＯＬ藪内《やぶうち》笹子《ささこ》※2』ではないが、ロシアとか北欧系の体操選手なんかのヒゲの生えたキレーな人とかに、すっごーくセクシュアリティを感じる人だった。だが自分の耳毛を発見してから考え方が少し変わった。あのギャランドゥの少女も生やしたくて生やしていたわけではないのだ。生えてほしくないのに生えてくる、毎日剃っても剃っても生えてくる、憎いあんちくしょうだったのだ。そんなものにおいらがいくら「ＳＥＸＹだよー」って言ったところで嬉《うれ》しくないのだ。

だれかーっ。私も実はこんな所にこんな毛が、って人いませんか。お互いに励まし合いません？　おいらの知り合いに、肩毛が異常に長い人とか、背な毛が渦巻く女性や、ハゲてるのにロン毛のロッカーとか、いろいろいるから、大丈夫。情報待つ。

余談だが、水泳の世界では水の抵抗を少なくするために、体毛を剃ることが当たり前だそうだ。この間の世界水泳の時も、日本人の誰だかという男の選手が、スネの毛を剃っていて足を切ってしまったと言っていた。かさぶたになったらもっと抵抗が大きくなってしまうなあ……といらぬ心配をしてしまった。

やっぱ、毛っていらねーよな。

※1：『機動戦士ガンダム』のキャラ。　※2：しりあがり寿《ことぶき》のコミックより。

明日のことは考えよう

先日、『スタジオパークからこんにちは』に行って来た。

その前日、おいらは『シンデレラストーリー』というお芝居を観《み》に行っており、池《いけ》田《だ》成志《なるし》や橋本さとし、デーモン小暮さん達と飲む気満々でおったのだが、あいにくその日は打ち上げだった。大きなカンパニーだったので、打ち上げストのおいらもさすがにその場に顔を出すのを遠慮した。

これがおいらの酒飲み魂に火を付けた。

仕方なく帰ろうとしていたおいらと奥さんに連絡が入った。大阪の飲み友達からだ。「今、レミゼを観終わって高橋由美子達といる。すぐに日比谷に来い」だ。おいら達はすぐさまタクシーに飛び乗った。時間は夕方の4時半。合流した時は6人ぐらいだったのだが、由美子は手当たり次第にいろんな人に電話をしている。前に座っていた劇団ショーマの川原アニキに聞くと、みんな由美子に電話で呼び出されたそうだ。今も勝村政信さんに電話をしている。切った途端に木野花《きのはな》さんにも。ケータイ電話の恐ろしき攻撃性をまざまざと見せ付けられた。やはりおいらはケータイを持つまい。くわばらくわばら。

8時を回ってその店に飽き出した頃、キッチュさんが捕まった。今、自分の店にいるという。完全に勢い付いているおいら達は、早速タクシーを走らせた。気が付くと由美子がいない。明日の昼公演を思い、帰りやがった。みんなを呼び出すだけ呼び出しておいて、したたかな女だ。明日のことを考えて酒が飲めるか。ケラさんや、ムーンライダーズの鈴木慶一さん、元劇団そとばこまちの八十田《やそだ》勇一《ゆういち》君※1などと合流し、大宴会だ。よーし犬山イヌコたちも呼び出せ!! 完全においらは打ち上がった。テッペンを回り2時3時になると、奥さんをはじめ、一人また一人と帰っていった。おいらは何人かともう一軒ＢＡＲを回って、独りぼっちになってから家に帰った。朝の6時前だった。12時間以上飲んでいた。

で、『スタジオパーク』である。「こんにちは」である。体調的には俄然《がぜん》「さようなら」だ。いや、言っとくが決していい加減にしていたわけではない。何日も前から楽しみにしていた仕事だ。なんせＮＨＫの全国ネットの生放送だ。日本中の人が見ているのだ。滅多に帰らない熊本や神戸の連中に見てもらえるのだ。ありがたいことこの上ない。おいらは東京のコンクリートジャングルの中で元気にやってまーすくらいの勢いを見せようと思ってたのに。実際は、顔パンパン、目は腐ったウズラ卵のようにくすみ、若干フラフラしている。かえって心配するっちゅうねん。

以前、『いいとも』に出た時も思ったんだけど、やっぱりお昼の生放送って一種独特のものがあるね。お客さんのテンションが異様に高いのだ。番組を見に来てるって言うよりも、イベントに参加してるって感じ？　ディズニーランドって言うか、すごーく前から楽しみにしていた動物園に来たって言うか。『スタジオパーク』を見たことがある人なら分かると思うが、オープニング、軽い挨拶《あいさつ》を交わして、小田切さんたちに呼び出されて、ゲストが出て行くよな。そんでもって軽い挨拶を交わして、オープンセットからスタジオの方へ歩いて行くじゃない。あの時どのゲストも何となく「どーしたもんかなー」って感じを持ちながら、ゆっくりと歩を進めているのね。なんでだろーと思ってたんだが、出て分かった。あれね、手持ちのカメラさんがおいらの前を後ろ向きに狙《ねら》って歩いてるもんで、自分のペースで歩けないの。だから、そろそろ歩いているのよ。そこに両方にお客さんが鈴なりになっていて、万雷《ばんらい》の拍手を送っとるんだよ。こっぱずかしいんだけど急げない。そういう状況なんだね。似た感覚で言うと、結婚式の新郎新婦の入場に近い。もう全員の大拍手の中をゆっくり歩いてみなさんに晴れ姿を見てもらうってやつですな。あーはずかしかった。

そして本番は、司会のお二人のつつがない進行で楽しくおしゃべりさせてもらったわけだが（あくまでおいら的にね。他の人がどう感じたかなんて、知ったこっちゃない）、やっぱりスゴイねＮＨＫ。応援メールとか質問ファックスとかの量がすごいのよ。本当に全国ね。北は北海道から南は鹿児島まで（沖縄においらのファンはいないということが発覚した……）、あらゆる県から送られてきておりました。

ありがたいなあ。おいらでさえこの量なんだから、本当に人気者の人なんてすごいんだろうな。幸いおいらは全《すべ》てに目を通すことができるくらいの数でしたので、全部読ませていただきました。おいらの知らん人が、こんなにおいらのくされ仕事を見ているのか、と改めてくされている場合ではないなと思いました。

何かまた出たいね、『スタジオパーク』。今度は酔っぱらってない時に。

※１：ケラリーノ・サンドロヴィッチ。ミュージシャン、劇作家、映画監督。バンド「有頂天」で音楽シーンを沸かせたのち、演劇の世界を主舞台とする。98年、主宰する「ナイロン100℃」の「フローズン・ビーチ」で岸田國士戯曲賞受賞のほか、劇作家としての受賞多数。

金兵衛

きのこ～の～こ～のこげんきのこ～、エリ～ンギマイタケブナシメジ。

つーわけで、行楽の秋、食欲の秋。おいらは最近ドラマで高尾に通っている。大分涼しくなってきて、まさにハイキングにうってつけだ。紅葉も始まり登山客も増えてきた。地元の人間のように嬉《うれ》しく思う。

そしてやはり、秋の味覚と言えば「マッタケ」でしょう。「香りマッタケ、味シメジ」等と言われてはいるが、おいらは断然マッタケ。あの香り、歯ごたえ。味なんて求めるのは野暮ってもんよ。風情《ふぜい》よ風情。土瓶蒸し、マッタケご飯、スキヤキ。どれもうまいが、やっぱ焼きマッタケ。一番搾《しぼ》りのCMではないが、卓上七輪《しちりん》でじっくり焼いて、スダチを一搾り、しょうゆタラリ。これである。一筋の湯気が、すっと立ち上がり、厚めに割いて、真ん中からザクリとかぶりつく。鼻に充満する松茸《まつたけ》の香り。舌に染《し》み渡るスダチの酸味。ここで一気に生ビール。これだー!! そう思ったら、いてても立ってもいられない。今日はマッタケを買って帰ろう。せっかくの高級食材、いっそ、高級スーパーでお買い上げだ。ここはセレブのスーパー「KINOKUNIYA　インターナショナル」でしょう。おいらは真《ま》っ直《す》ぐ、マッタケ売り場に行った。

「たかっ!!」思わず声が出た。高すぎる、なんだこれ。

「山梨産マッタケ1万2千円」1本しか入ってないじゃん。しかも中ぐらいの大きさ。どうする!?

隣の紫色の頭のババアが、4本5本とカートに入れていく。ち、ちくしょう! ここで散財して飲みに行く回数を減らしていいのか。しかし、グルメを自称している手前、こんな事でひるんではいられない。平成の〝魯山人《ろさんじん》〟を気取れなくなってしまう。ええいママよ! おいらは国産1本を、バスケットに放り込んだ。家族には、「中国産3本2500円」で充分だ。二つ買ってやる。これだけでは焼きマッタケのみになる。うおー、恥を忍んでマッタケご飯の素《もと》も放りこんだ。

「メインは焼きマッタケ、ごはんはオプション」と自分に言い聞かせ、じっとりと汗をかきながら会計を済ませる。さあ、後は食うだけだ。

家に帰り、卓上七輪を倉庫から引っぱり出し、炭をおこし、ギンギンに冷えたジョッキにビールをそそぎ込んだ。準備OK。

「さあ、みんな食べるぞ!」号令一発。

「いただきまーす」う! うますぎる! 中国産侮《あなど》りがたし。みんなも嬉しそうだ。

おいおいマツタケごときでそんなにハシャグんじゃない。

「じゃあ、国産は、お父さんが食べてもいいよ」う、優しい子じゃ。妻も微笑《ほほえ》みながらうなずいている。そうかそれじゃ遠慮なく……。

「ま！　まいうーっ!!」

さすが国産。中国産には悪いが我々日本人には二味《ふたあじ》違う！　ありがとな、みんな。お父さん嬉しいよ……てか、おいらが稼いだ金でおいらが買ったんだから、おいらしか食べる資格ねえだろ。あっぶねー危うく感謝するところだった。

「さ、ご飯も炊《た》けたよー」

「うわあ、おいしー」

うまかろー、うまかろーて。まがいもんのマツタケ混ぜご飯。

「お父さんも、ちょっと食べたら」

馬鹿《ばか》もんが！　こんな時、米を食ってどうする。マツタケや酒が入んなくなるだろうが！　ま、しょうがない。一口だけ食ってやる……ん～ちょっとうまいが……ま、ちょっとだけな。もー一口くれる？　んー、ちょっとおいしいね……。

「じゃ、せっかくだから、明日は栗《くり》ご飯にしようか」

……今、なんつった？　おいらの聞き間違いじゃないよな？　「栗ご飯」って聞こえたんだけど……。バッカじゃねーの。あんなもんなあ、お菓子だ！　甘いモカモカしたもんをなんで米に入れる！　甘いんだよ。味も考え方も。栗だけじゃねえ。サツマイモもカボチャもダメだ。特に豆は禁止だ！　豆ご飯禁止！　昔から誕生会に行くとそこのお母さんがごちそうのように出してくる。ごちそうじゃねえ！　混ぜご飯ってのは、おかずなしで楽しめるメシのことだ。栗ご飯や豆ご飯は単品じゃ弱いくせに、おかずの邪魔をする。

いいな、おいらの目の黒いうちは、栗ご飯、豆ご飯禁止だ！　ついでに「幕の内弁当に緑の甘い豆」も禁止だ！

第二章　対岸の火事

転球!!

その日、東京は嵐《あらし》だった。ドラマの台本《ホン》読みに出かけたおいらは、横殴りの雨の中500円の傘を吹き飛ばされ、濡《ぬ》れねずみになりながらスタジオに着いた。みんなが車で移動している中、電車通勤のおいらだけがびしょびしょ。おまけにスタジオ内は、ものすごく冷房が効いている。たちまちおいらは凍えてしまい、歯がカチカチ言い出した。

こりゃたまらんと思い、おいらは新人マネージャーを呼んで、「すまん、あったかいコーヒー買ってきて」と指示した。

「分かりました」

元気のいい返事には『気が付かなくてスミマセン。大至急、行って来ます』といったような気持ちが見てとれた。おいらは頼もしく思い、ニコニコしながら台本読みに戻る。凍えた身体《からだ》が少し温かくなった気がした。

5分、10分、30分。ヤツは帰って来ない。おいらの唇は紫色に変わった。周りのタレントさんやAD達が「大丈夫ですか?」と声をかけてくれ始めた。それでもおいらは、「平気平気、もうすぐマネージャーが温かいコーヒーを買って来てくれるから」とヤツを信じていた。

50分後、ヤツは帰って来た。

「スミマセン、ビル内に温かいコーヒーがなくて。古田さん、ブラックでしたよね?」キンキンに冷えた缶コーヒーをおいらに渡した。

死ね! 死んでしまえ!! 腹切れ、腹!! 使えんの—川上!! 場を読め、場を。このビルにはなくても隣はドトールだろ、マックやスタバもあるだろが。おいらはあまりのことに、その場にへたり込んだ。「大丈夫ですか?」ヤツが言った。

お前が言うなっ。

世の中、パシリのできないヤツが本当に多い。そんなヤツはきっと大成しないとおいらは思う。あらゆる仕事に対して言えることだが、要求されてることをすぐに理解できないようじゃあ、だめだね。

そういえば、こんなこともあった。学生時代のことだ。おいらは後輩に、

「ジョージアの冷たい、甘くない缶コーヒーを買ってきてくれ、缶の短いやつだぞ」とパシリを頼んだ。

しばらくしてそいつは、UCCの温かい甘いコーヒーを買ってきた。しかも缶の長いやつ。ようそんだけ、うまいことスカタン買《こ》うてきたな。ワザとだとしか思えんだろ。本人は「ワザとじゃないんです」と大汗かきながら弁解していたが、何一つ注文にあっていないじゃないか。先輩使って遊んでいるとしか思えんだろ。なあ、転球[※1]？

まあ、転球も川上も、立派な人間にならなくていいから、せめてパシれるぐらいの人間になりたいものよのう。

※1：転球劇場の座長、福田転球。

プロレスラーかよ！

先日、次の舞台のポスター撮りに中目黒まで行った。家から近いのでチャリンコで。おいらのチャリンコは折り畳み式で前輪が直径15センチぐらいしかない極小のやつで、街を走るとあまりの小ささに大勢の人に驚かれる。その日は天気も良く、最高のサイクリング日和《びより》だった。

ところが、中目黒から祐天寺《ゆうてんじ》に曲がる交差点で道に迷ってしまった。こんなことは珍しいのだが、全くどこをどう走っているのかが分からなくなってしまったのだ。過去一度だけ、分からないまま走っていって横浜に着いたことがあるので、いたずらに走ることはやめ、止まって地図とにらめっこをしていた。すると
「道に迷われたんですか？」という優しい声が背後から聞こえた。英語で言うと「MAY I HELP YOU？」である。

「大都会東京も元を正せば下町人情にあふれた街だ。まだまだ捨てたもんじゃない」と振り向くと、額からだらだらと血を流したじいさんが立っていた。

「うわっ」

思わず声を出したおいらは、そのバランスの悪い自転車をつんのめらせて、ガードレールに肘《ひじ》をしたたか打ち付けてしまった。しかもハンドルのジョイントが外れてしまい、自転車が真っ二つに折り畳まれ、そのまますっころんだ。

「あっ大丈夫ですか？」じいさんがおいらに近寄った。

「おめえだよ！」というツッコミを飲み込んだおいらは「大丈夫です」と答えた。

自転車を立て直しながら、ファックスの地図を見せ、

「ここのスタジオに行きたいんですけどね」と尋ねた。

「ああ、もうすぐですよ。この道を真っ直《す》ぐ200メートルほど行って二つ目の歩道橋を左に折れてすぐです」

血まみれのじじいはことさら優しい声で、普通に答えてくれた。おでこの左上のほうから新しい血が流れてきている。よく見るとメガネのつるも左側が曲がっている。

「どうもありがとうございました」そう言って立ち去ろうとした。が、どうしても気になったため、尋ねてしまった。

「あのー頭大丈夫ですか？」

優しかった血まみれのじじいはちょっとむっとして、「しっかりしてますよ」と言った。

おいらはあわてて、

「いえ、中身のことじゃなく、おケガのほうです」

と言い直した。

じじいは血まみれのまま、にっこり笑いながら
「ああ、これはさっき電柱にぶつけてしまったんですよ。全然痛くないから大丈夫です」と答えた。

「そうですか」おいらはもう一度お礼を言って自転車をこぎ始めた。

痛くないから大丈夫か……。そんな問題か!!

思ひでぽろぽろ

小学校の時に大好きだった女の子（もしくは男の子）に大学生くらいで出会って、そのあまりの変わり様にゲボが出そうになったことってありませんか？　容姿の場合はよくあるんだけど、それだけじゃないんだよね。

10年ほど前、新宿駅で声をかけられた。

「古田さんですよね？」振り向くとかっわいい女の子が立っていた。

「おー、久しぶり」反射的に答えてから必死に思い出そうとした。

「覚えていてくれたんですか？　あの頃はセーラー服だったし、とっくに忘れられてると思ってました」

セ、セーラー服！　この顔にセーラー服!!　忘れるはずがない。もっと必死になった。あっ！　思い出した!!

「あーっ、オレンジ※1とか、扇町《おうぎまち》※2によく来てた子だよね」

まだおいらが大阪を中心に舞台をやっていた頃、しょっちゅう来てくれた中学生だ。あまりに可愛《かわい》いので劇団員の中でも評判になっていた子だ。

「今は大学生になりました」

「へー、こっちの大学に来てるんだ。今からバイト?」途端に彼女の顔が曇った。

「ええ……」

やばかったかなとは思ったが、好奇心がおいらに質問を続けさせた。

「何やってんの?」

「……ヘルスです」

漫画のような展開だが、実際にこの答えが返ってくると、やはりドギマギするものだ。

「へーっ」軽く受け止めようと思った心が屁《へ》のような返事をさせたが、努めて明るく
「金稼ぐんだ」と言ったら、

「ええ、父が亡《な》くなって母が過労で倒れてしまって……」わお、ヘビー!

「あっそう、じゃ今度お店に行って指名するから店の名前教えて」

店名を聞いて、あっさり別れた。

そしてそれっきり、お店には行かず10年経《た》った。10年経ってこの間、また新宿で声をかけられた。彼女である。

「うわっ久しぶり!」全く同じ会話をした。彼女ももう30近くのはずだが、キレイだ。

しかも脂《あぶら》の乗り切った女盛り。魚で言えば、寒ブリと言ったところか。そしておいらもすっかり大人の男だ。落ち着いたトーンで聞いてみた。

「今、何やってんの？」

「ソープ嬢です」

妖艶《ようえん》に微笑《ほほえ》まれてしまった。こ、こんなキレイな女の子がソープに……おのれー。しかしおいらも以前の浮ついたおいらではない。詳しい事情は聞かずにこう言った。

「そうなんだ。じゃ、来月にでもお友達呼んで合コンやろうぜ。おいらも仲間集めとくし」

「分かりました、みんな可愛いですよー」

わーい、来月はソープ嬢と合コンだーっ。

※1：大阪にあった劇場、オレンジルーム。現在のＨＥＰ　ＨＡＬＬ。※2：同じく大阪にあった劇場、扇町ミュージアムスクエア。2003年3月に閉館。

串《くし》カツ

久しぶりに大阪に帰ってきた。家は東京だから、行くと言うほうが本当なのだが、いまだに帰るという感じだ。

大阪という街は、たまに来るといい街だ。まず人が優しい、と言うか気安い。すぐに話しかけてくる。住んでいる時はその馴《な》れ馴れしさに辟易《へきえき》したもんだが、離れてみるとその人懐《ひとなつ》っこさに、ホッとする。

そして昼間っから飲める店がいっぱいある。たこ焼き屋、お好み焼き屋、そして串カツ屋。おいらは串カツが大好きだ。何軒か行きつけの店があるのだが、その中に新大阪の「のんべい」がある。駅構内のお店で、立ち呑《の》みの串カツ屋さんだ。

ここには頑固で偏屈でとってもいいおやじさんがいる。何年か前、最初に入った時だ。カウンターに肘《ひじ》をついて焼酎《しょうちゅう》を飲んでいたら、「こらっお前、肘つくな！」といきなり怒られた。

「肘ついたら楽やから酔うんや。うちは立ち呑み屋や。へべれけにならられたらかなわん」うん、理にかなってる。

「お前、何時のどこ行きや?」新大阪駅だから、当然新幹線に乗るわけだ。

「○時×分の東京行きです」と答えた。

「ほな、もう一杯いけるな」

おいらは時間のことを気にしてくれているのか、と思っていたが、

「終点まで乗るんやったら酔うてもええんや。広島で降りなあかんかったのに、博多に着いてしもたとか、後でうっとこのせいにされたらかなわんからな」

そこに新規のお客さんが入ってきた。

「ビールちょうだい」「カツは何揚げよ」「いや、ビールだけでいいわ」

おやじさんはまた怒り出した。

「帰ってくれ、うちは串カツ屋や。ビールだけ飲みたいんやったらキオスクで缶ビール買《こ》うて飲め、アホ」

客はすごすごと帰っていった。飲ましたってもええやん。生が飲みたかったんやと思うでえ。

このへんのやりとりで、おいらは一発でおやじさんのファンになった。それからは大阪で仕事がある度、新大阪に行く度に、この店に行くようになった。その度におやじさんは「久しぶりやな」と迎えてくれるようになった。

今回も、新大阪に着いていきなり店に行った。いつものようにTVを見ているおやじさんがいるものと思っていた。が、お母さんしかいない。

「ども、ごぶさたです。おやじさんは?」と尋ねると、

「うん、お父さん年末から体調崩して入院してるんよ」

去年父親を亡《な》くしたおいらはすぐ良からぬことを想像した。が、お母さんの話を聞くと、病院でもお医者さんたちに「お前声が小さいんじゃ」とか悪態を吐《つ》いているらしい。

おやじさん、今度来た時は店に出といて下さいね。

※現在、店はありません。

もじゃもじゃ

『天保《てんぽう》十二年のシェイクスピア』を観《み》に来て下さった方、本当にありがとうございました。観に来なかった人はくたばってくれ。本当に長い公演でしたが、なかなか楽しいカンパニーでした。

さて、このカンパニーに文学座の後藤ちゃんという女優さんが出てたんだけど、女郎役の中でもっともふくよかな人で、あだ名は「オッキー」。なぜならおっきいから。まんまかよ。いいのかそれで。もし小さかったら「チッサイ」かよ。そのあまりの単純さに驚きまくったのだが、そういえば子供の頃はそんな風にあだ名を付けたりしてました。

中学の時の先輩に「チン毛」さんという人がいた。おいら達は何のてらいもなく街中で、しかもでかい声で「チン毛先輩」と呼んでいた。「チン毛」に「先輩」付けてどうする。その人も、「おう！」と元気に答えたりして。おかしいだろ。答えんなよ、瀬崎さん。

2年生になってやっと「なんで瀬崎さんは『チン毛』って呼ばれてるんだろう？」

と疑問に思った。天然パーマなわけでもないし、呼ばれているからには理由があるに違いない。おいら達は勇気を出して聞いてみた。

「チン毛さんは、なんで俺だけチン毛って呼ばれてるんですか？」

「小学校の修学旅行で俺だけチン毛ボーボーやったから」

ア、アホや。先輩達はアホや。ひねらないんだ、全く。見たまんまなんだ。

この間20年ぶりくらいで瀬崎さんを見かけたので、でけえ声で呼んでみた。

「チン毛さーん！」

「おうっ！」答えやがった。愚か者がよ。

「最近ようTV出てるなあ。ふるチン」

し、しまったあ。おいらは「ふるチン」だった。おれ達は「チン毛」と「ふるチン」のナイスコンビだ。もう40になろうとしている中年の男が二人、互いを「チン毛」「ふるチン」と呼び合っている。キショクワルー。

その後「ふるチン」「チン毛」略して「ふるチン毛」は、スナック『ルパンⅢ世』に飲みに行き、昔話に花を咲かせたのであった。

役者仲間の池田成志《なるし》さんに聞いたのだが、成志さんの中学にも「チン毛」という人がいたそうだ。理由も全く同じ。小学校の時最初に生えてきたからだそうだ。ちなみに本名は成志さんと同じ池田さん。神戸と福岡の中学に同じ理由から「チン毛」と名付けられた少年がいたということは全国に「チン毛」が存在するはずだ。

読者諸君、君の周りの「チン毛」を教えて下さい。きっちり統計を取れば、どんな苗字《みょうじ》の人が生え始めるのが早いかが分かるはずだ。

ヨロシク、メカドック。

体を鍛えよう

うちの子は宿題が嫌いだ。ま、好きでしょうがないやつはいないと思うが。今もカミさんに散々急《せ》かされて、やっとやり始めた。それも泣きながらである。

思い出すに、おいらは宿題をやった記憶がない。え、うちの小学校には宿題がなかったのかって？　否《いな》！　あったはずだ。

よくおふくろに「宿題やりや」と言われていた。「無い!!」とよく嘘《うそ》をついていた。大胆な嘘だ。「有る」のに「無い」である。ものすごすぎる。

次によく使ったのが「やった!!」である。これまたひどすぎる。「やってない」だろ。おふくろは「いつやったんや？」と聞き返す。おいらは「おかんの見てない時や」と言い返す。

いつだ！　それはいつなのだ！　お前は帰って来てすぐに岸くんと遊びに行ったはずだ。空き地で自転車に乗りまくっとっただろ。その膝《ひざ》のすりむけは、その時にこけて作ったものだ。そしてたった今、家に帰って来て、TVをつけたところだろ。いつやった。よ、宿題いつやったんだ？

おいらが親なら追及しているところだが、おふくろは「あ、そう」とか言ってたと思う。のんきである。この子供にして、この親ありである。

宿題なのだから当然、次の日に先生に提出しなければならない。しかし、やっちゃあいない。提出できるわけがない。そんな時、子供のおいらはどうするか。

「忘れました」である。これも嘘だ。「忘れていた」わけではなく「やらなかった」のだ。不敵な嘘である。そんな戯言《たわごと》を教師が許すはずもなく
「では休み時間にそのプリントをやりなさい」と言ってくる。

おいらは、「そのプリントを家に忘れました」と返す。

論理のすり替えである。問題の先送りである。小泉政権である。

ここまで馬鹿《ばか》にされると教師もキレる。

「今すぐ取って来い！」

こうくればシメたものだ。おいらは「ハイッ！」といい返事を残して堂々と学校をエスケープするのだ。小一時間ほど、公園で時間をつぶし教室に戻ってくる。教師は勝ち誇ったように聞いてくる。

「どうだ。家にあったか？」

おいらは悲しそうに答える。

「ゴミと間違えておかんが捨てました」
人のせい。しかも嘘。のんきな母さんは、悪者母さんになったのであった。
ついに教師の怒りは、沸点を超えた。ゲンコツ、「アホンダラ」、校庭10周である。
クラスの皆にゲラゲラ笑われながら炎天下、汗だくで走るおいら。こうしておいらは
体力のある人間に育ったのであった。
「宿題」のおかげだ。

理由（わけ）

その日は朝からやかましかった。

おいらは前日仕事が遅くなり、AM3時半頃帰ってきて、5時頃眠りに就いた。

カミさんの怒鳴り声で目が覚めた。

「そんなに簡単に学校を休んじゃいけません！」

どうやら娘が学校に行くのをぐずっているようだ。一体、今何時だ？　時計を見ると、6時半、娘の登校時間だ。しかし！　おいら的には睡眠絶好調時間、さっき寝付いたところだ。まどろみ通りから熟睡ホテルにチェックインしたばかりだ。我慢して布団《ふとん》にもぐっていた。が、くだらない言い合いは聞こえてくる。

カミさん「泣いたってダメ、眠たいだけなんでしょ」

娘「ちがうよ〜。胸が、胸が痛いんだよ〜」

カミさん「分かった。じゃあ病院へ行こう。病院で注射打ってもらおう」

娘「たぶん病院じゃ治らないと思うよ」

なんて不毛な会話なんだ。仮病じゃねえかよ。イライラしながらおいらは聞き耳を立てていた。
カミさん「病院で分からない痛みなんて、もっと大変じゃないの」
娘「原因は大体分かってるんだ」
カミさん「何なのよ？」
娘「多分ノロイだ」
ブッ。思わず吹き出してしまった。言うに事欠いて「ノロイ」かよ。言い訳にしちゃあ新しいな。
「台詞《せりふ》が覚えられないノロイをかけられたようで、おいらのせいじゃありません」
「遅刻したのは、足が動かなくなるノロイをかけられてしまい、駅に2時間も立ち尽くしていたからです」
それが通用するなら使ってみてえや。いかん、笑ってる場合ではない。おいらは眠たいのだ。
カミさんは本気になった。
カミさん「じゃあ、あんたは誰かにノロわれるような悪いことをしたんだ」
娘「ちがうよ。そいつが勝手に私のことをノロッてるんだ」
カミさん「そいつって、一体誰なのよ？」

娘「か、髪の長い女が……」

ついにおいらの怒りは臨界点を超えた。

「朝っぱらから面白い会話してんじゃねえ！　とっとと学校に行きやがれ、バカ」

それだけ怒鳴るとゲラゲラ笑いながら布団に戻った。娘は観念したのか、ヒンヒン泣きながら学校に向かった。うるさいだけならまだしも、早朝にミニコントすんな。

昼過ぎにおいらが起きると、まもなく娘が帰ってきた。朝とは打って変わって元気掘り出しである。おいらはちょっとイヤミに言ってみた。

「お嬢さん、えらくご機嫌じゃねえか。ノロイはどうなったんだい？」

娘はこう言った。

「もう大丈夫だよ、〝ノロイ返し〟したから」

もういい、そのまま嘘《うそ》をつき通せ！

近所のおばあさん

先日、インフルエンザの予防接種に行った。おいらは俳優さんでましてやスタアなので、寝込んでしまうと誰も代わりが務まらない。エチケットとして毎年行っているのだ。

待合室にいると奥の方から怒鳴り声が聞こえた。

「このドロボウ病院が！」

どうやら看護師さんにご年配の女性が怒っているようだ。

「あんたんとこの血圧計きつくて痛いんだよ。この間も帰ったらあざになってたよ、この病院は患者にケガさせて儲《もう》けてんのかい。ここに来るたんびに血圧が上がるよ、挙げ句にあたしを殺す気かい！」

ムチャクチャである。

黒いショールをかけた上品そうなおばあさんだが、言ってることはマフィア並のイチャもんだ。

いや待てよ。この声、黒いショール、おいらはこのババアを見たことがある……。

1週間ほど前のことだ。おいらは山手線に乗っていた。ちょっと離れたところから
その声は聞こえてきた。

「この吊革《つりかわ》はあたしが先につかんだんだよ！」

あのババアである。

「チガイマス、ワタシガサキデシタ、ハナシテクダサイ」

どうやら外国人さんと吊革の取り合いをしているらしい。

「ナマ言ってんじゃないよ、何でもいいから譲りな！」

やっぱりお前が横取りしたのかババア。

「アナタ、タタイタ。ワタシイヤダ」

たたいちゃだめだろババア。

「うるさいよ、この出稼ぎ外人が。どうせ体売って生活してんだろ、パン助！」

……ひどい……ひどすぎるよババア。外国人女性はしばらく震えながら黙っていた
が、ついに大声を出した。

「FUCK　YOU！」

あとは思い付く限りの汚い日本語とひどいスラングの応酬となった。仕事がなけれ
ば尾行したいと思うくらいのすごい口ゲンカだった。

そのババアがおいらの行きつけの病院でイチャもんをつけている。勢いは止まらない。ついに奥からお医者さんも出てきた。

「なんだお前らは。先生とか呼ばれていい気になってんじゃないよ。あたしはお前ら若造のこと、先生だなんてこれっぽっちも思っちゃいないんだからね。何触ってんだよ、痴漢！　あたしをどこに連れてく気だ。やめろ！　殺されるー」

ババアは連れ出されたが、外でもえらい剣幕でお医者さんを罵倒《ばとう》し、20分くらいして自転車で去っていった。

この後ババアがどこで誰にイチャもんをつけるのか気になるところだが、一番気になるのは、「FUCK」と言われたババアの最後のFUCKは、いつだったのかということだ。

また見かけたら報告する。

涙の太陽

「見て見ぬフリ」という言葉がありますな。文字どおり見たのに見てないフリをするという意味であります。

このクソ寒い中、東京は相変わらずミニスカ天国です。特に女子高生は気合い入れの意味もあるんでしょうか、ナマ足放り出しです。

渋谷駅でのことです。階段の前を制服ミニスカの女の子が歩いております。たいていこういう場合は、お尻《しり》の方をちょいと押さえたり、鞄《かばん》を後ろに回して防御していたり、隠してなくてもぎりぎりパンティが見えなかったりで悔しい思いをするものです。

が、この日は違っておりました。丸見えです！　全開です！「ほうれごらん」と言わんばかりに丸出しです。当然おいらの目は釘付《くぎづ》けです。もっと見たいという欲求に素直に従いました。淡い黄色のパンティは、ちょいとシワがよってたりして、おいらのコーフン度を高めました。お尻の部分に何やら模様があります。じっくり見つめました。そこには、

「見るな！」

と書いてありました。

こういう場合はどうよ！　見たおいらが悪いのか。けど、「見るな！」と書いてあるということは見られることを大前提にしているから、見てもいいはず。また、見なければ読めないわけだから見なければいけないとも言えるわけだ。

どっちにしろ、しゃれたパンツはきやがってとおじさんを嬉《うれ》しい気持ちにさせましたな。スパッツや折り込んだジャージをスカートの下にはいている女子高生達に見習ってもらいたいものじゃ。

とりあえず、「見るな！」パンツを作った会社と、買ってはいて見せていた女子高生、あっぱれじゃ。見て見ぬフリ大賞を授けよう。

それにこいつはいい広告になるんじゃないか。パンティのお尻広告だ。「風邪にジキニン」とか「エモリカのお風呂《ふろ》」とか書いてあると、あんまりエッチな気持ちにもならないし、世のお父さん達は会社帰りに必ずその商品を買ってしまうと思うのだが。

そういえば、この間、いつものように、おいらは駅でお腹《なか》が痛くなり、おトイレに入った。和式のトイレは奥向けになっており、扉に背を向けるタイプのものだった。おいらは買ったばかりの『フライデー』を読みながら鼻歌混じりに用を足した。お尻をふいて、パンツを上げて後ろを振り向くと扉が全開になっていた。

教えてよ！　誰か！　いっぱいいるじゃん人が！「あいてますよ」の一声か、もしくは黙って戸を閉めてくれるぐらい優しい人がいても良さそうなのに。見て見ぬフリにも限度があるよな。

新井《あらい》和響《かずとよ》さんに会いたい

「ココイチ」って知ってる？　「ＣｏＣｏ壱番屋《いちばんや》」っていう、カレーチェーン店なんだけど、全国にあるよね。

おいらは知らない街に行くとついつい入ってしまう。何がいいって細かい注文ができるところ。かなり自分好みにカレーを指定できる。例えば、

「ビーフベースでとび辛6倍、トッピングにフライドチキンとほうれん草で、量は普通」

ってな具合だ。

おいらは辛いものに目がなく「ココイチ」に行くととりあえず、6倍を食う。食い終わると必ず、8倍にすりゃよかったと思う。しばらくして行くとうっかり、びびって6倍にしてしまう。今のところ6倍止まりだ。

行きつけのココイチでよく会う人がいる。この人がすごい。必ず10倍を食っている。初めて会った時のこと。隣の席で「10倍」っていう声が聞こえた。「おっ」と思い、ちらっと見た。ガリガリの中年（推定40歳）のサラリーマン、ちょっとマチャアキさ

ん似の背の高い人だった。「やっぱりちょっとアジアンな感じの人なんだ」と思って自分のカレーを食べ始めた。

彼のカレーが届いた。気になって少し覗《のぞ》いた。普通のカレーより若干色が暗いぐらいであまり変わりはなかった。映画『ギブリーズ』[※1]に出てくる溶岩のようなカレーではなかったわけだ。

が、その後の彼がすごかった。「とび辛パウダー」という店に置いてある辛い調味料をパッパカかけ出した。

「うわっ」おいらは思わず声を出した。マチャアキと目が合った。

「大丈夫ですよ」マチャアキは平然と食い出した。

「すげえ」と素直に感心してると、マチャアキは自分のカバンの中から赤黒い小瓶を取り出した。

「DEATHソースだ！」

市販で買える最も辛いペッパーソースで、辛いもの好きのおいらも家に常備しているが、5滴垂らしただけで泣き出すという代物《しろもの》だ。マチャアキはMY DEATHソースをとび辛パウダーだらけの10倍カレーにドボドボかけ出した。

ぐあーっ！　見ているだけでおいらは汗だくだ。もぐもぐ食ってるマチャアキも汗だくだ。もう、真夏の風情《ふぜい》である。

食いきって水を一杯飲むと、カバンから出したタオルで顔を拭《ふ》き、ふうっと一息ついた。いいもの見た感でいっぱいになったおいらは、声をかけた。

「お好きなんですね」

「ハイ」

なぜだか分からんが、まだまだ世の中捨てたもんじゃないなと思った。

彼は今日も「ココイチ」に居た。そしておいらも。

※1：古田が声の出演をしている、スタジオジブリ作品。

罪と罰

年越しでやっておりました劇団公演『七芒星《しちぼうせい》』が終わりました。ご覧下さった皆様、ありがとうございました。ご覧下さらなかった皆様、FUCK！　チケットが取れなかった皆様、あきらめないでガンバって次回来てね。

ホッと一息……つく暇もなく『SLAPSTICKS』東京公演が始まっとります。休めよ、おいら！　その東京、大阪の間にライブ『オロチロックショー』もやるんだから、えらい！　おいら！

その『オロチ』のメンバーでもある劇団員、インディ高橋くんの話です。

うちの劇団では遅刻や本番中に大きなミスをすると、何らかの罰を受けます。今回はおいらの幕間《まくあい》のサイン会、タイソン大屋くんの食事代取り上げが執行されました。さかのぼると堤真一くんの北島三郎『祭』熱唱、渡辺いっけい氏のトシちゃん『哀愁でいと』熱唱などがあります。

さて、インディくんです。彼は『七芒星』大阪公演でラストの決めゼリフを間違えるという大失態をやらかしました。全員で3時間近くガンバってきた作品を、たった一言でぶち壊したのです。台無しにしたのです。これは舞台人として最低です。罰ゲーム作成委員会（おいらと座長）[※1]は頭を悩ませ、終演後の舞台挨拶《あいさつ》&三方礼の刑と決定しました。

全員のカーテンコールの後、おいらと高田聖子、アツヒロと奥菜《おきな》が舞台に上がります。その時、いつもはいないはずのインディくんが登場、我々は袖《そで》に引っ込みます。ここからがインディくんの晴れ舞台です。

「えー、今回お世話になりました、大阪芸術大学舞台芸術学科ミュージカルコースOB、学籍番号S87のインディ高橋でございます。えー、思い返せば16年前、大阪梅田オレンジルームで行いました『阿修羅城《あしゅらじょう》の瞳《ひとみ》』初演で挨拶をして以来、2回目のご挨拶でございます。今年も、劇団☆新感線、佐藤アツヒロ、奥菜恵、共にガンバって参りますので、よろしくお願いいたします。本日は、どうも……」

ここまで言うと舞台にひれ伏し、泣き出してしまいました。シーンとした劇場の中、彼の嗚咽《おえつ》だけが響き渡ります。にっちもさっちもいかなくなったところで、舞台袖から声が飛びます。

「三方礼までやらんかいっ！」

インディくんは、泣きながらも、やっと立ち上がり、鮮やかに三方礼を決めました。

静まり返っていた客席が、一気に喝采《かっさい》に包まれました。

これで彼も舞台の厳しさが身にしみたと思います。舞台人とは、かくの如《ごと》くつらいものなのです。

明日は我が身なり。

※1：劇団☆新感線の座長、いのうえひでのり

もーみあげっ！

またまたやって来ました。1月24・25日、代々木第一体育館。そうです。我らがWWEです。ちょっと話題的には古いが書かずにいられない。書かせろ！

その日は、舞台の通し稽古《げいこ》だった。開始時間は6時。WWEの開演も6時。3時間の芝居だから、終了は9時。代体《ヨタイ》まで急げば20分。ほぼ絶望的である。今、おいらが芝居をやっている東京の空の下、ダッドリーズが、クリス・ジェリコが、パパパンプが試合を行っている。おいらの心は決まっていた。

「間に合わなくてもいい、チケットを持って現場に駆けつけるという行為がファンとしてあるべき姿なのだ。着いた途端にお客さんがゾロゾロと出てきてもいい。みんなの幸せそうな顔を見て『あーいい興行だったんだなー』と満足すればいいのだ」一種、仙人のような境地だった。

決めた後の行動は早い。稽古が終わった2分後には身支度も済ませていた。

「ダメ出しは明日受けます」と演出家に言い捨て、タクシーに飛び乗った。

「代々木体育館まで、何分ぐらいかかりますか？」

「20分くらいですかねー」

分かってるんだよ。そんなこたぁ。おいらの貧乏揺すりは最高潮だ。

「大急ぎですか？」それだよ、その一言がほしかったんだ。

「はい」

「今日は何かやってるんですか？」

「ええアメリカのプロレス団体がね、メインの最後だけでも見たいんですよねー」

「あ、トリプルHですね！」おーっ！　同志であったか！

「ご存じですか？」

「自分、新日本プロレスにスカウトされたことがありましてね」

おーっ！　そういえばいいガタイをしてらっしゃる。

「ダスティ・ローデスとか大好きでしたね。NWAですけど。今日来ているWWEってのは昔のWWFですよね」

「そ、そうです。新日系で言うとボブ・バックランド、全日系で言うと、ブルーノ・サンマルチノ、そして今日はそのダスティ・ローデスの息子のゴールダストが来てるんですよ」

「へーそうですか、じゃ、この道を……」

素晴らしき、プロレスファンネットワーク！　なんと12分で着きやがった。

「まだやってるみたいですね、急いで！　楽しんできて下さい！」

プロレスファンに悪人なし!!　体育館に飛び込んだおいらの目に本物のＨＨＨとジャパニーズバズソーＴＡＪＩＲＩが飛び込んできた。

「うおーーっ」絶叫と共に止めどなく涙があふれてきた。

来てよかった。生きてきてよかった。絶叫のせいで喉《のど》が枯れた。翌日からの芝居に支障が出た。

でも、ま、いいや！　幸せだったから。

毒

渡辺いっけいさんという役者さんがいる。おいらの劇団の先輩であり、大学の先輩でもある。とても優しい先輩で、おいらが東京に進出した時、居候《いそうろう》させてもらったこともある。公演の時は必ず差し入れを持って来てくれるし、飲み代《しろ》もおごってくれる。すげえ先輩だ。

前回の公演『SLAPSTICKS』でも、いっけいさんは差し入れを持って来てくれた。黒地に金色の字で、

「ドナキング」

と書いてある、いかにも効きそうな栄養ドリンクだ。マカ抽出液やスッポンエキスが入っている。ん？　これは、栄養ドリンクと言うよりも精力剤じゃなかとね？「先輩が持って来たドリンクだ、絶対いい芝居ができるに違いない」そう信じて一気に飲み干した。

かっ！　からい！　いや辛いじゃないな。喉《のど》がピリピリする。

おいらは楽屋で隣の席のオダギリジョーくんにもそのドリンクを勧めた。

「ありがとうございます」そう言うと、ジョーも一気にいった。やはりヤツも喉をかきむしっていた。

5分ほどすると体がカッカッと熱くなってきた。効いてきた、効いてきた。

「なんか汗が出てきましたよ！」ジョーがおいらに訴えた。小生の愚息も若干、張りが出てきた。今から芝居すんのにコーフンしてどうすんだ。罠《わな》か！　これはいっけいの罠なのか!?　将来有望な若手役者二人を邪悪な手で陥《おとしい》れようとしているのか!?　まんまと引っかかってしまった。

SHIT！　やられてなるものか！　突き上げてくる性欲をスポーツに昇華させる高校球児のように、あふれる汗を舞台にぶつけて、公演を乗り切った。

おいらもジョーも「ドナキング」に魅せられ、時々こいつを呷《あお》り、黒く禍々《まがまが》しい衝動を演劇にぶつけていった。

ある日、もう一方の隣の廣川三憲《ひろかわみつのり》さん（ナイロン100℃）が声をかけてきた。

「古田さん、それ僕ももらっていいですか？」

ど、どうしよう！　廣川さんはおいらより年上の方だが、いまだに共演者とエッチする夢を見ちゃうほど、絶倫な人だ。そんな人が、魔法の薬を飲んだらどうなってしまうのか？　本番中に本番をやりかねない。かなり心配だったが、好奇心が勝ってしまった。

「どうぞ。一気にどうぞ」

廣川さんはぐっといった。おいらとジョーは興味津々《しんしん》だ。5分経《た》った。何も起こらない！

そ、そうか。ドナパワーも廣川さんの絶倫パワーの前では大したものではなかったのだ。

あっぱれ、廣川さん！　ありがとう、いっけいさん！　そしてありがとう、ドナキング!!

メガネくん

先日、自宅に一通の手紙が届いた。切手も貼《は》ってなきゃ住所も書いていない。ただ、「古田さんへ」と書いてある手紙だ。どうやら本人がわざわざここまで来て投函《とうかん》したらしい。

差出人は以前共演した若手俳優の「G」くんだった。中にはホテルの便せん、そしてタイトルが書いてあった。

「T新地体験レポート」

Gくんは26歳の好青年だ。学生時代に付き合った彼女と8年続いている。その間、一度も浮気をしたことがない。フーゾクにも行ったことがない。彼女以外の女性を知らない、真面目《まじめ》なヤツだ。

ある日、Gがおいらにつぶやいた。

「彼女にばれないで、一度くらいフーゾクに行ってみたいッス」

OK！　分かった、任せときな！　各種風俗に精通しているおいらに、よくぞ相談した。

「Gよ、おいら達の仕事は何だ？　役者だろ。役者には旅公演があるじゃないか」

「あ、来月大阪に行きます！」

「大阪にT新地という場所がある。時間が止まった街だ。どうせ初めてなんだ。最もディープなところへ行け」

しかしGは「金ねえっすよ」遊び人として最も情けない言葉を口にした。おいらは財布から万券を取り出し、Gの横っ面《つら》にお見舞いした。

「足らずは自分で出せ」

あれから2週間、そのGからの手紙である。どうやら無事だったようだ。さて、彼女以外の女体をむさぼったのか。それとも……。

『Tに到着。入り口付近から明らかに他の場所とは雰囲気が違う。ガラの悪い兄ちゃんがたむろしててちょっとビビル。店を物色。想像を超えた世界。ピンクに光る玄関が連なっている。完全に圧倒され、選ぶ余裕もなく、3軒目で突入。明らかに冷静さを欠いた行動……』

この調子で延々10枚にもわたるレポート。少々疲れる。で、結局どうだったかというと……。

彼女以外の女性とやりたい。

その衝動だけで大阪に臨んだG。その志は、かわいいおネエチャンの口の前に沈没した。どこまでも悲しい男だ。目の前に念願のそれがありながら、おあずけを食らったわけである。

しかしGはあくまでもポジティブであった。

『こうして風俗初体験、終了。でもいい体験をさせてもらいました。ありがとうございました』

しかしGよ。これだけは言っとくぞ。お前は、行っただけだ。決して体験していない。もう一度、おいらのところへ来い。今度は一緒に行ってやる。

切ないヤツ……っていうか、一生彼女とだけしてろよ！

キュリー夫人は何をした人だっけ?

先日『奇跡の人』を観《み》てきました。そう、三重苦のヘレン・ケラーのあれです。おいらのポコチンも早い・短い・皮かむりと三重苦なわけですが、ま、下品な冗談はさておき、良かったわけである。

天才・大竹しのぶはモロチン、鈴木杏《すずきあん》チャンをはじめ、全《すべ》ての役者がものすごーく良かったのだ。良いお芝居を観ると当然感動する。感動するとおいらは泣く。実はおいらは泣き虫だ。

その日は終演後に仕事が入ってたので、楽屋のみなさんに感動を伝える暇がなかったのだが、サングラスの下のただでさえ腫《は》れぼったいおいらの目は遮光器土偶《しゃこうきどぐう》のように膨れ上がっておった。涙でな。

「来年は娘も連れて行こう。いいものは普遍だ。そのためには予習をして行った方がいい。現在小学3年生、そろそろ偉人の伝記なるものを読んでもいい頃だ。だが娘は勉強がニガテだ。いきなり文字ばかりの本を渡され『読め!』と言われても拒否反応を示すに違いない。そうだ、ガキの頃、伝記マンガってのがあったな。それだ!」

そー考えたおいらは渋谷のでかい本屋を3軒回り、ようやく『マンガ　ヘレン・ケラー』を見つけ出した。そこまで考えて努力する父親が他にいるのか？　えっ！　結構いるか。ま、いいや。

そんなこんなでおいらは家に帰って娘にその本を渡し、来年は一緒に芝居に行こうと言った。

翌朝、用を足そうと廊下に出ると『マンガ　ヘレン・ケラー』が落ちていた。ええい口惜しや、無念なりヘレン……。

おいらは娘に「何でこんなところに置いてんだ！」と怒鳴った。娘は、「ごめんなさーい、でもそれあんまり面白くなかったよ」と、おいらの本棚から『キューティーハニーF』を取り出し読んでいた。

ああ、そうさ。『キューティーハニーF』は面白いさ。おいらもそっちの方が好きさ。だが、そーいうことじゃないだろ。たまには「ヘレン・ケラー」でも「野口英世」でもいいんじゃないか。文章を読んだり映画やお芝居を観て号泣するのもいいと思うが、どうだ娘よ。「涙は心の汗だ、たっぷり流してみようよ」って、いずみたくシンガーズも言っとったろ。もーいい。お前はさそわん。

おいらはレンタルビデオ屋に行き『ONE　PIECE』のTVシリーズを5巻一

気に借りまくり、観まくり、泣きまくった。おいらの目は12ラウンド、フルに闘った具志堅用高《ぐしけんようこう》のようになっていた。気持ちいいぞ。

皆もたまにはブワーッと泣いてみよう。人間の体の8割は涙でできている。おいらはそう思っている！

花由

うちにはいろんな生き物がいる。数種類の熱帯魚、金魚、亀《かめ》、メダカ等々。おいらは水の生物が大好きだ。ユラユラとただよう魚を肴《さかな》に酒を飲むわけだ。ちっ、気《き》の利いた言い回しをしたつもりだったが、ちっとも面白くねえや。クソ。つーわけでおいらは静かな生き物が好きなのだ。

この間、仕事で1週間ほど家を空けて帰ってきた時、その静寂を破る無粋な輩《やから》が家にふんぞり返っていた。その名も、セキセイインコ!! アルビノの真っ白な奴《やつ》だ。おいらが居ないすきに、家族の連中で買いに行ったらしい。

おいらはたいていの生き物は好きなのだが、鳥と犬だきゃどうしても慣れない。奴らのあの落ち着きのなさがどーしても許せないのだ。じゃかましい! うっとうしい! うざい! 同様の理由で子供も嫌いなのだが、まだ子供は怒れば5分ぐらいは静かにしている。犬も1分ぐらいは人間様に従う。

BUT! 鳥には言葉が通じない。いくら怒っても片時も黙らない。ヂュンヂュンビヨビヨ、あまり澄んでない濁った声で、のべつまくなしにしゃべりまくる。今、これを書いている間もずーっとだ。ものすごくイライラする。大体、鳥は食うものだろ。決して飼うものではない。飼育して太らせて食うものだ。

昔、弟が祭でヒヨコ釣りをして1羽もらってきた。「ピーちゃん」というどーでもいい名前を付けて可愛《かわい》がっていた。

ある日曜日、おいらとおやじは『笑点』か何かを見ていた。庭をクックックッと大人になったピーちゃんが歩いている。おやじがボソッとつぶやいた。

「頃合いやな……」

おやじは、おいらに湯を沸かすように指示すると、あっと言う間にピーちゃんの首をポキンとひねった。見事な手際《てぎわ》でピーちゃんをさばくと、キャベツと共にフライパンに放り込んだ。ピーちゃんとキャベツのしょうゆ炒《いた》めのでき上がりだ。それをつまんでいると弟が帰って来た。

「おなかすいたー」

おやじは「米炊《た》けとるだろ」とだけ言った。弟は茶碗《ちゃわん》にメシをよそうと、ピーちゃんをおかずに食べ始めた。

「ごちそうさまー。ピーちゃんにエサやってくる」弟は白い羽と赤い血だらけになった庭に飛び出した。飛び出した途端に絶叫した。おやじはつぶやいた。

「お前も食べたやんけ……」

こういう家においらは育ったのだ。ペットとして、なんて認めない。おやじは晩年、体をこわしてからも家の窓から空気銃で鳥を撃っていた。こう書くと変質者の動物虐待《ぎゃくたい》のようだが、おやじはそいつを焼いて食う。どっちかっつーと狩りに近いのか？　ま、鳥は食い物だということだ。

ついでにおいらは「小鳥」に対するイヤな思い出がある。それは高校の時だった。バンドの練習のため、ボーカルん家《ち》におじゃましていた。そいつん家は、何百羽という小鳥を飼っていて、ＴＶのローカルニュースに出たことがある、近所でも評判の小鳥一家であった。部屋という部屋を小鳥が飛び回っていた。

おいらは応接間のソファに腰を下ろした。ケツの下で「コキッ」という音がした。イヤな感じがして、恐る恐るケツの下を見た。そこには平行四辺形になったインコがいた。「あっ」と思い、思わずナナメになっているそいつを逆角度に押した。そしたらなおった。というか、なおったと判断したおいらは練習にも出ず、そそくさと帰路に就いた。それ以来、小鳥を放し飼いにしているところが苦手なのだ。

まさか、おいらん家がそんなことになろうとは……。おいらの思いとは裏腹に、家族は楽しそうにしている。名前は「モモちゃん」というそうだ。何がモモちゃんだ。

鳥は鳥でいいんだ。非常食としての鳥の名前は「鳥さん」でいいと松本零士《まつもとれいじ》先生も言っとったろ。

おいらの座椅子《ざいす》にフンを落とし、栽培しているポトスをかじり、飲み物を入れたコップにつかる。やりたい放題だ。ついにおいらはキレて、

「いいかげんにしろよ、この鳥‼」

と怒鳴った。

娘がつぶやいた。

「お父さん、食べないでね……」

フン、分かってるじゃねえか。今はな……。

いつも何度でも

　もう最終回になってしまうのだが、今おいらがやっているドラマ『ぼくの魔法使い』[※1]は非常に評判が良い。どこに行っても「面白いねー」「すごいドラマだねー」「日テレよくやったねー」と、ベタボメだ。いや、やってる方も楽しくやってるし、おいら達も面白いはずだと思って作っている。

が……数字が悪い。いわゆる視聴率というものが一向に上がらない。何なんだろう。クドカンの本も水田さんの演出も素晴らしいし、伊藤英明くんも篠原《しのはら》涼子ちゃんも大評判だ。脇《わき》の人間もとてもいい仕事をしている。ぶっ飛びすぎて分かりにくいかというとそうでもない。分かりやすい方だと思うのだが。

　思えば、おいらが出た作品は、軒並み数字が上がらない。あ!!　そうか、おいらか！　おいらのせいか！　毎日毎日遠い、日テレ生田《いくた》スタジオでみんながんばってたのに、おいらがいたんじゃ、そりゃダメだ。いや、最終回だけでもみんな見てくれ。頼む。

　その生田スタジオの配車の仕事をしている方に「カオナシ」がいる。『千《せん》と千尋《ちひろ》の神隠し』の「カオナシ」にちなんで、おいらがそう呼んでいるだけなのだが。

このおじさんがすごく味があるのだよ。ヨーダをちょっと太らせて眼鏡をかけさせたような人なのだが、話の途中で必ず「アッ……アッ……」という音を出すのだ。おいらが「お疲れ様でした。タクシー来てますか？」と聞くと、「アッ……アッ……1スタの古田さんね、アッアッまだアッ来てないね、ちょっと待って下さいアッアッ……」

と言うのである。しゃべってる部分はちょいと高い感じの声で普通の音量でしゃべっているのだが、「アッ……」の部分になると、あの「カオナシ」の儚《はかな》い「アッ……」になるのだ。初めて会った時は、うっとうしい人だなと思ったのだが、何回か会ううちにその「アッ……アッ……」にも感情があることが分かってきた。

こちらに相づちを打つ時は、アとエの間、発音記号で書くと「æ」の音で細く「æっæっ」となる。えらい人やタレントさんには多用している。

ところが、スタッフさんがドアを乱暴に閉めたりすると、「ンア……」となる。どうやらカチンときた時はこの「ンア……」になるみたいだ。

帰宅する人が多い時は、車両もいっぱいになる。誰がどの車両番号かを探す時は、表を人差し指でたどりながら「アェッアェッ」とつぶやいている。この後「アハァ……」が来れば発見であり、「アフゥ……」が来ればなくてガッカリしているのだ。「アフゥ……」の後「ハアァ……」だと、もう一度捜し直しで「ハァ⤵……」だとそれはあきらめだ。喜びは「アアッアアッ」で一仕事片付けば「ハアア……」なのだ。ウソだと思っておるじゃろ。これが本当なのだ。

　ある日のスタッフさんと「カオナシ」との会話。

スタッフ「10分前に連絡したSだけど」

カオナシ「アッ……アッ……Sさんね。アェッアェッ（探している）アフゥ……（どうやらなかったようだ）10分前ですか」

スタッフ「そうだよ」

カオナシ「アェッアェッ（探している）……アハァ……（発見したようだ）2スタのね、2スタのSさんね。アッ……ありましたありました。1234番ですね。アッ……アッ……」

スタッフ「そうだよ。決まってるじゃないか。今稼働《かどう》してるのは2スタだけだろうが」

カオナシ「ンア……（カチンときたようだ）æっæっ来てます来てます。お疲れ様でした。ハァ⤵……（何かをあきらめた）ハアア（あ、でも一仕事終えた満足感はあるようだ）アッ……アッ……アッ……（平静状態）」

この法則が分かり始めると、この人の会話の裏に隠された心情が読み取れる。このおじさんは「カオナシ」の上に「サトラレ」にもなったのだ。これからは「サトナシ」だ。ちょっと淋《さび》しい。

昨日も「サトナシ」の進行通り、タクシーに乗り込んだ。「お疲れさまー」ドアを閉めた途端、今まで聞いたことがない大きな声で「サトナシ」が叫んだ。

「のえあっ」

な、なんだ。それはどういう意味だ！　今までの法則にないぞ。き、気になる。

「サトナシ」はまだまだいろんな音を持っている。

※1：2003年4月〜7月まで、日本テレビ系で放送されたドラマ。宮藤《くどう》官九郎脚本。

親友

最近、なんだか忙しい。いろんな仕事であっちこっちに飛び回っている。その割に飲み会が多い。楽しいもんだから、深酒する。翌日は早朝ロケ……。この繰り返しにさすがの古チンも体がボロボロだ。んで、再検査のため病院へ。そこは強靭《きょうじん》な肉体のおいら、「今んとこ大丈夫です」と言われ会計で待っていた。

そこに「お、古チン」と背後から声がした。が、無視した。というのも先日、30代半ば位の女性に声をかけられ、「私、あなたを見たことがあるんですけど、有名な方ですか?」と聞かれたのだ。

どんな質問だよ。「はい有名です」って答える人ってどのくらい有名なんだよ。長嶋さん、ヤワラちゃんクラスはOKでも、オリックス指名打者の山崎はビミョーか。逆に「いえ有名じゃありません」って答えたら「ウソだ。有名だ」とか言われてしまうのか? 名前を聞かれた時点で有名ではないと思うのだが……。変な質問するな! てなことがあったので、聞こえないフリをしていた。

「おいおい俺や俺や」

くっ、なれなれしいヤツだ。カリッときたおいらは我慢できなくなり振り向いた。知ってる人だった。谷口という大学時代の同級生だ。

「おーおー」二人は病院だというのに大声で再会を喜んだ。谷口はおいらや橋本じゅん達と一緒に夜の大学を徘徊《はいかい》し、木刀で後輩を殴っていたクレイジーなナイスガイだ。

「何やってんねん古チン」

「いや、ちょっと検査にきとったんだ。ぐっちゃんこそ何やってんだ」

「いやあカミさんに二人目産まれそうでな……。10年くらい前にこっちに転勤して来たんだ」

二、三言葉を交わし、TEL番号を交換して別れた。何か、情けなくなった。ぐっちゃんは、ちゃんとした大人になっていた。もう木刀は持っていなかった。仕事の合間に奥さんを見舞いに来て、今から午後の仕事に戻るそうだ。おいらと来たら、不規則な仕事の上に不摂生がたたり、病院で検査。今から家に帰って、夜は飲み会だ……。ハァー。何も変わっちゃいない。20年前からずーっと。学生時代、結婚、子供が産まれ、親が死に……いろんな節目があっただろうに。

挙げ句、ちょっと町中で顔がさすからと言ってなるべく下を向いて歩き、声をかけられるとビクッとする挙動不審おじさんだ。ぐっちゃんに比べたら、おいらはクズだ、カスだ、ダメ人間だ。どんよりしながら家に帰った。

けれども飲み会はやってくる。主催はおいらだ。行かなきゃならない。仲のいいプロデューサー、マギー、佐々木《ささき》蔵之介《くらのすけ》、そして吉岡美穂《よしおかみほ》がすでに盛り上がっていた。

「先輩、こっちこっち」

おいらはヨッコイショな気持ちで飲み会に参加した。

ここのバイトは古くからの知り合いだ。役者をやっていたのだが段々と情熱が冷め、いろんな仕事を経て1年前からこの店に落ち着いた。そいつの話だが、先月離婚をしたらしい。原因はヤツの浮気。店の女の子と仲良くなり、そんなことになり、ケータイの着信から奥さんにバレ、奥さんも男を作って出て行ったという。しかもサラ金に借金があり、その利子をオーナーに払ってもらっているため、この店を辞めることもできないそうだ。

ちょっとヘビーな話にみんながあちゃーな空気になったところを、おいらの張りのある舞台声が切り裂いた。

「ドンマイ、ドンマイ、大丈夫！　今までどんな困難にも立ち向かってきたおまえじゃねえか。今回だって乗り切れるよ。苦あれば楽あり。あのカミさんは最初っからおまえには合ってないと思ってたんだ」

「ありがとう古チン、俺がんばるよ。今日も来てくれてサンキューな」

美穂ちゃんも「古田さんて優しいんですね」ってな感じだ。勝てる！　この男になら勝てる。おいらよりダメな人間がここにいる。おいらもダメだが、こいつよりましだ。こいつは、自由な時間もなければ飲みにも行けない。おいらは飲んでいる。この男はおいらにとって必要だ。こいつがいなければ、おいらは一番のダメ男になってしまう。

「もう一軒行こうぜ」

次の店は、昔お笑いだったが、辞めて飲み屋をやっているヤツのところだ。だが、客の入りが悪く、最近は池袋－新宿間で白タクをやって生計を立てている。この男も必要だ。

古田新太ニューシングル『下を向いて歩こう』近日発売！

愛の日記

恋人のヌード写真を第三者に撮られても平気か？

ヌードってば裸とは違って、セクシュアリティを感じるものだ。岡田准一《じゅんいち》が陰毛ぎりぎりにGパンを下げて伏し目がちにこちらを見つめてたりするのがヌードで、おいらが風呂場《ふろば》で満面の笑みでケツを突き出しているのが裸だ。

女性の場合は、全《すべ》てがヌードだ。おっぱい放り出したり、お毛々が写っちゃうと、どーしてもセクシーになってしまうのだ。

「いや、あたしの裸は絶対セクシーではない!!」という女性もいるだろうが、そのような方は是非おいらまで、写真を郵送していただきたい。

さて先日、あるお店で仲間と飲んでいると、後ろから「あのーっ」と言う声が聞こえた。すごくコケティッシュな感じの背のちっさい女の子がカウンターに座っていた。

「ヌードを撮らせていただけませんか？」

えー。新手《あらて》の逆ナンか!?　と、おいら達は色めき立ったが、さにあらず。彼女はプロのカメラマンで、特に女性のヌードをずっと撮り続けている人だそうだ。いろんな女性を撮っているうちに、体にもいろんな個性があることが面白くなったらしく、最近男性の裸も撮りたいと考えるようになったらしい。しかもおいらのことを知っており、舞台もよく観《み》に来てくれているらしい。

「逆ナンか！」と色めき立った自分を少しだけ恥じ、すぐに立ち直って、お話を聞いてみた。今まで100人くらいを撮っていて、ダンサーやミュージシャン等が多かったらしいのだが、舞台俳優という種類も撮ってみたいと思っていたところ、後ろの席でおいらの声が聞こえて思わず声をかけたらしい。

う〜む。身長173センチ、体重85キロ、38歳のおいらのヌードか〜。びみょ〜、どーなんだ〜。話の種には面白いが、見たいかと言えばおいらは見たくない。濡《ぬ》れ場をやったことあるし、TVや映画で裸になったこともあるが、何かの作品の一部ではなく単品でしょ？「おいら」という作品になっちゃうわけでしょ。この白ムチが。

滅茶苦茶《めちゃくちゃ》悩んだ末、丁重にお断りしてしまった。ちょっとキムタク気取りもしたかったが仕方がない。その時分かったのだが、おいらは後に残るという行為が非常に恥ずかしいのだ。やりっぱなしはOKなのだが、後に「お前はこんなことをしたんだよー」と言われることに弱いのである。

一緒にいたメンバーに聞いてみたが、5人のうち、3人は撮ってもらってもいいと言っていた。意外だった。すごくナルシシズムを感じる行為なので、みんな嫌がると思っていたのだが、やっぱ役者ってばナルシストが多いのね。

そこから冒頭の話に戻るのである。今度は自分のことは置いといて、彼女ならどうだ、である。おいらの場合は奥さんだ。ナルシストのうち二人は、そっこーNOだった。やはり本来隠しておくべきものを、自分以外の人に見て欲しくないのであろう。おいらは、自分が写るよりは恥ずかしくないと思ったのでOKと言った。みんなにひどいと言われた。

おナルの一人は、自分が撮るなら発表してもOKと言った。多分、彼女もOKだろうと。……バカップルだ。

最後の一人は「ビデオなら許す」だった。どういうことだと聞くと、写真は撮っている最中の雰囲気が分からんが、ビデオだと少なくともどんな空気だったかは分かると。ともすれば、ビデオだと浮気をしていても構わない。その行為よりも秘密を作れる方がつらいと。本末転倒である。もうここまで来たら、わけが分からん。しかも奴《やつ》はしゃべっているうちに半ギレだ。楽しかった場が ゆるーく引いた。こんな状態で飲みを終えるのは残念だったが、何となく解散してしまった。奴とは付き合いを考えよう。

若い頃、その手のモデルのバイトの話があった。当時の7万というギャラは魅力的であったが、途中で芋引いて帰ってきた。劇団員のIくんは、撮影に応じてギャラをもらった。あの作品は、今も日本のどこかに眠ってるんだろうな。シャワーを浴びたり、ソファーに横たわってたりするそうだ。

ぜひとも手に入れたい。

マークはキレイ

おいらは今、青山円形劇場の楽屋でこいつを書いとります。いよいよ『欲望という名の電車』の本番が始まろうとしとるわけだ。しかし、この原稿が載る頃にはもう終わっとるんだな。すごいな。まだ始まってないものが終わっとるとは。今から30ステージやるというのに。

つーわけで古チン久しぶりの舞台ということもあって、緊張しとるんですよ。はっと気が付くと、本業の舞台をずーっとやってなかった。よーしと思って、稽古《けいこ》を迎えると、本番前になってこんなに緊張しとるんだな。なんだこりゃ。ドラマや映画などで芝居はしてたんだけど、お客さんの前で、練習してきた決められたセリフを3時間しゃべり、動くというのは、やっぱりちょっと特殊なんだろう。今まで当たり前のことだっただけに、少し不思議な感覚である。

ちょっと前までおいらは、レンズの前で芝居をするのが苦手だった。お客さんの反応が分からないからだ。面白いと思ってやったことも、悲しい気持ちでやったことも、そこに人がいないので、どうだったのかという評価がすぐにおいらに返ってこない。

ステージで育ったおいらにはそれがすごく頼りなかった。

それに映像の作業には編集というものがあって、時間的な問題や監督のセンスで「カット」ということも多々ある。元々、映像での芝居を目指してなかったこともあって、すごーく不満だった。しかしそのうち「このカメラさんを笑かしてやる」などとみみっちい喜びを見つけ、「このプロデューサーは面白えな」とか「この監督とはまたやりたいな」とか思ううちに、いろーんな人と出会い、なんとなく仲良くなり、向こうの人達もなんとなーく呼んでくれるようになり、段々映像の仕事が楽しくなってきて、今に至る。

今はかなり楽しんでやっている。ま、現場によるけど。今やってるドラマ『ハコイリムスメ！』の現場は、出演者も多様でなかなか楽しい。

その記者発表の時のことだ。我々男優さんの控え室には、おいらとマーク・コンドンと地井武男さんの3人がいた。もう、そろそろ時間だというのに、勝村政信さん、玉山鉄二くん、吉沢悠《よしざわひさし》くんの3人が来ない。制作の方が、「もうしばらくお待ち下さい」と何度となく繰り返した。と、そこへ涼しい顔をした勝村さんがやって来た。

「なんでそんなに平気でいられるんだ？　人を待たせておいて」

地井さんが言うと、どうも早く着きすぎたらしく、喫茶店で時間をつぶして時間通りに来たそうだ。全く人騒がせな人だ。

「さ、これで全員そろいましたね」制作の人がのたまった。おいらは思わず、「いやいや、玉鉄と吉沢くんが来てねえよ」と言った。

「あ、お二人はあちらの控え室にもう来てらっしゃいます」

なにー!! どういうこった。おいらと地井さんは、二人が来ないとやきもきしておったのに（勝ちゃんのことは別に心配していなかった）。

それにちょっと待て。何でその二人が別控え室なんだよ。一番若い二人じゃねえか。売れてるからか？ 違うな。だったら地井さんも勝ちゃんも、おいらだって売れてねーわけじゃねーぞ。

そーだ、理由はひとつだ。『キレイな人』と『そーじゃない人』に分けやがったんだ。おいらは決めつけ、早速、地井さんと勝ちゃんにチクッた。

「な、何ーっ!!」

二人は怒りを爆発させ、制作の人に食ってかかった。

「何でそんな差別すんだよー」

「地井さん、これは差別じゃねえ区別だーっ」

「そんなわけないじゃないですかーっ」

怒号が飛び交う中、制作が叫んだ。

「ほら、マークはキレイじゃないですかーっ」

一瞬、控え室が静まり返った。その中、勝村さんが口を開いた。

「どーいう意味だそれ！」

また控え室が騒然となった。

そんな幕開けだったが、撮影は順調だ。『そーじゃない人』チームの地井さんと話をしていた時、「舞台は、もう30年やってねえからできねえよ」とおっしゃっていた。なるほどな。30年やってなかったら初めても同じだ。おいらなんかまだ1年もやってないなんてこと、舞台にしろ映像にしろないもんな。体が覚えてるってなもんよ。人間、思い込みや情熱より、慣れなんじゃねえか。

大丈夫。さ、客を楽しませてやるか。おいらは面白いよ……。これが誌面に載る頃、落ち込んでなければよいが……。

ポチたま

以前にも書いたが、写メールやめろ！　嬉《うれ》しくないんだよ、知らない人と撮っても。知ってる人でもあんまり嬉しくないの。

最近は写すだけじゃなくて、画像を見せられることが増えてきた。しかも、不快なもの。てめえの子供見せてどーする。たいてい不細工だぞ。そんなちっこい画質の粗い画面で、てめえの汚い子供見せられて嬉しいやつは、めったに会えない田舎のおじいとおばあだけだ。だけだ!!　断言する。人でさえこれである。そう、ペットだ。一体どういう魂胆だ。

この間、知り合いの女優が「見て見てー」と変な顔したビーグル犬の写メールをおいらに見せやがった。カリッときたおいらは「何だこれ？」と言った。すると「うちのパピィちゃん、かわいいでしょ」とのたまった。「でしょ」である。決めつけだ。おいらが「いーや」と答えると、ヤツは「えーっうそー、かわいいじゃなーい」とほざいた。バーカ、かわいい、かわいくないは主観だろうが。勝手においらの感情を決めつけるな。その後もその女優は「じゃあこれはー？　これはー？」と次々に写メールを見せ続けた。

これが、ケータイデジカメ地獄である。一体何枚撮ってんだバカ、というぐらいの数を永遠に見せ続けられるわけだ。辟易《へきえき》したおいらは
「やめろ、おいらは犬は好かんのだー」とハッキリ言ってやった。

「えー！ 信じらんない、古田さん犬嫌いなのー？ もしかして猫派ー？」

うるせーバカ、犬派でも猫派でもニャー。どっちかっつーとタカ派だが。イヤなんだよ、あいつらの媚《こ》びた感じが。

「えー、おうちに帰ったらピューって迎えに来たり、エサあげたら大喜びしたり、一緒に寝たり……」たりたりたりやかましい。

「癒《いや》されるよねー！」全然癒されん。うるせーんだよ、キャンキャン鳴きやがって。かえってイライラする。チョコマカ動き回りやがって。落ち着け!!

写真やケータイだけじゃねえ。モノホン連れてくるヤツら。どういうつもりだ。仕事場に動物連れてきやがって。必要ないだろ。ダックスフントを7匹も連れてきた元アイドル。2時間ドラマによく出ている大物女優は、馬みたいにでかい犬を現場に連れてきた。旅公演にハムスターを連れてきたあいつ。バラエティにも出るバアさん女優は兎《うさぎ》を連れてきていた。

普通のサラリーマンやOLがそんなことしたらクビだぞ。営業マンがパグとか連れてきたら、取引せんだろ。犬を連れてきてOKな学校があるか？　あるわけねーよ。だって学校は勉強をするところで、ペットを見せびらかす場所ではないからだ。そんなに動物が好きなら飼育係になるか生物部に入れってことだ。

昔やってたラジオのゲストに、YOUがやってきた。しかも飼っているイタチを連れて。YOUはおいらの肩にイタチを乗せて「キャーかわいいよー」とかほざいている。おいらは少しも楽しくない。

「何だこいつ、かわいくねーな」

おいらがそう言うと、ムリムリッとおいらの肩にウンコをしやがった。いやウンコじゃねえ、ヤツらのはフンだ。

「わー、やっぱりイヤな人は分かるんだ」

冗談じゃねえや。仕事場にペットを持ち込まれてイライラしている上にフンまでされて、黙っていいのかニッポン放送！

この間、久しぶりにYOUに会ったので聞いてみた。

「そうだ、あの時のクソイタチどうしてる？」

「あーあの子、あの後すぐ死んだ」

御人様にフンをするようなヤツは長生きできねーんだよ。

やっぱ毛の生えた動物より、ウロコ系がいいね。魚類、は虫類、ウロコはないが両生類。もう大好き。静かだし、急《せ》わしくないし、動き回らないし。本当に癒される。

うちにはカエルとカメがいるが、ヘビとイグアナがほしくてたまらない。

この間、家族に「父さん今度、ヘビかイグアナを飼おうと思っとるんだが、みんなどう思う？」と聞いてみた。

「えーだったら犬がいいよ。チワワかチンがいいな」

お前らもそっち側のヤツらか。ちくしょー。おいらが中学の時、飼ってた青大将が逃げ出して、お袋が飼っていたジュウシマツをまさにシマツしてしまったことがある。

よしよし、マイファミリーよ。お父さんはこっそりヘビを買ってきて、お前らが可《か》愛《わい》がっているセキセイインコをシマツしてやる。とりあえずおいらの目の黒いうちは、座敷犬禁止じゃ。

あー、イグアナほしいなー。イグアナのケータイ待受、他人に見せたいなー。

第三章　高みの見物

スカパーサイコー

最近、「スカイパーフェクＴＶ！」に入った。こいつはいい。ＴＶのチャンネルをザッピングするだけで、たいてい自分の見たい番組をチョイスできる。なんせ２９０チャンネル[※1]以上もあるのだ。

おいらはあまりドラマやバラエティを見ない。普段はニュースとスポーツだけだ。だから実際、地上波はＮＨＫだけでも大丈夫だ。しかしスカパーのおかげでめちゃめちゃ選択肢が広がった。

一番よく利用するのが「サムライ」。24時間格闘技をやってるチャンネルだ。若干の偏《かたよ》りはあるけど、結構マニアックなものをやってたりして、何も見たいものがないときは、ここだ。

「Ｊスカイスポーツ」はサッカー、野球ともに充実しているが、何と言っても『ＷＷ

E』だね。『ワールドレスリングエンターテインメント』。いわゆるアメリカンプロレス。日本のちょっと格闘技寄りな真面目《まじめ》なプロレスと違って、完全なエンタテインメントプロレスだ。

サイコー！『WWE』サイコー!! もう夜中だろうが昼間だろうが、大笑い&大興奮。何せシナリオが良くできている。レスラー同士の戦う理由が、女房を寝取っただの、弟をいじめただの、他人の宝物を取っただの、俺の言うことを聞かないだの、ほとんど小学生レベル。これを元に超一流のレスラーがハイレベルなドッタンバッタンを半年スパンぐらいのストーリーの中で繰り広げる。しかも放送は週5回。1回見逃しても大丈夫。予告編、おさらいがくどいぐらいあって、その上飽きさせない演出がちりばめられている。ほとんど大河ドラマの勢いだ。

レスラーの中でも大のお気に入りは、〝ピープルズチャンピオン〟ザ・ロックだ。こいつの何がすごいって

「口が立つ」

これだ。ロックのべしゃりには、誰も勝てない。もし『天才・たけしの元気が出るテレビ!!』の「口ゲンカ王」がまだやってたら、世界チャンピオンだね。何せ相手をバカにするのがうまい。あまりのべしゃりのうまさに、その週は試合がなかったりす

るからね。

しかもハンサム。映画『ハムナプトラ2』とかにも出てるから知ってる人も多いと思うけど、スカパー入ってる人は是非『WWE』を。格闘技嫌いの人でも全然OK。てなわけで、スカパーのおかげでおいらのTVライフは、すごく充実してるわけです。別にスカパーに金もらってるわけじゃないけど、スカパーいいよ。

さて、家に帰って「スカイ・A」で『なんやモー目茶苦茶屋』でも見るか。なかやまきんに君、面白ェよな（結局、吉本見てるのかよ……）。

※1：2001年10月現在。

ビーフクレイジー

みんな、肉食ってるか、牛肉。うまいぞお、牛肉。焼肉、しゃぶしゃぶ、すき焼き、肉じゃが、ステーキ、牛丼《ぎゅうどん》、カレーもシチューもやっぱりビーフだよね。でも何と言っても刺身でしょ。ユッケ、レバ刺し、中でもおいらは脳みそと延髄の刺身には目がないんだよね。気持ち悪ーいとか思ってんだろ。うまいんだって。たらの白子のもっと濃厚なヤツ。ポン酢と紅葉おろしにあさつきパラリ。もちもちした食感がたまらんのよねー。

うー、ヨダレ出てきた。牛肉大好き。牛サイコー。おいらのドラマ『スタアの恋』の役名、牛山。おいらもサイコー、牛ナンバーワン!!

だから食わせろよ、牛。安全なんだろ? 刺身で脳みそ食わせてくれよ。

新宿に牛の内臓を刺身で食わせてくれる店があって、おいらはよく通ってたんだよね。そんでこの間行ったらつぶれてた。なんだよ、これ。つぶれんなよ! つーか、みんなが食いに行かねーからつぶれたんじゃねえか。

おいらん家《ち》の近くにステーキ屋があって、ここのガーリックサワークリームステーキがべらぼうにうまくて、この間ランチを食いに行ったら、閉まってた。「しばらくの間、休業します」だと。休むなよ！　つーか、みんなが行かねーから休むんじゃねえか。食いに行こうよ、牛。安全なんだろ？

もうおいらは最近ムキになって食ってるよ。昼間っから焼肉よ、酒飲む時はホルモン焼きよ。三度三度きちんと牛食ってるよ。やっぱうまいよ。魚食いたい時も、ムリして牛食ってるよ。

みんないいのか、焼肉屋がなくなっても。いやだろ？　軒並みつぶれちゃうよ、行かないと。スーパーの肉売場行ってごらん。牛肉コーナーが本当にちっちゃくなってるから。米沢牛も神戸牛も投げ売りよ。和牛、めちゃめちゃ安いよ。だめだろ、牛肉はごちそうじゃなきゃ。鳥や豚の上に君臨してこそ牛だろう？

ドラマで共演している大のステーキ好き寛利夫さんも、あの騒ぎ以来、一口も牛肉を口にしていないそうだ。安全だと思っていても、食べた後に
「大丈夫かなー？」

と思っちゃうのがイヤだそうだ。大丈夫だって。あれだけ安全だって言ってんだから。

つーか、頼むから、うまいもの安心して食わせてくれよ。こんなに大好きなんだからさ。延髄と脳みそが一番やばいって、安全なんだろ？食いに行こうよ、牛。本当に安全らしいからよ。

過ぎたるは及ばざるが如《ごと》し

この間、仲間と朝まで飲んだ。さすがに腹が減り24時間営業のメシ屋に入って、おいらはチキンカツとじ定食を頼んだ。

ところがいつまで経《た》っても出てこない。たいがいイライラしてきたところで「大変遅くなりました。申し訳ございません」と店員が持ってきた。と見ると、どんぶりのご飯がてんこ盛りになっている。それが並みのてんこ盛りではない。漫画で大メシ食らいの相撲取りが食ってるような盛り方だ。おいらは『のたり松太郎』※1かい！

「ちょ、ちょっと、俺大盛りなんか頼んでないよ」と言うと
「本当に遅くなりましたので」だと。

おーい、これはおわびかい。それでおいらは納得して、満腹の上に満足して、「また来るよ」と言って去っていく……のか？　来るか、バカ！　朝からこんなに食うか！

「俺、残しちゃうよ、これ」

「かまいません」

って、じゃ、もったいないだろ。謝れ！　お百姓さんに！　かくしておいらは、まんまとまんまを半分残してしまったのであった。あー最初てんこ盛りで出てきた時に半分にして下さいと言えばよかった。って、なんでおいらが後悔するんだ。代金払ってる時にも、釈然とせずに必要以上にムカムカした。ムカムカついでに店の前で吐いた。スマン。でも量を増やせばみんな喜ぶと思ったら大間違いだ。いらんだろ、このサービス。

そういえばジュースの自販機で当たり付きのやつがあるけど、あれで当たって喜ぶやつっているのかい？　いらんだろ、2本も。その時に飲みたい分だけでいいんじゃないか？　おいら的には当たったら20円おつりが出てきて、１００円になる方がよっぽどありがたいと思うのだがどうか？

髪の毛が大分さみしくなってきた古田としては、増えていいものと少なくていいものがあると思うのだ。

去年ドラマで一緒だった長谷川〝ＳＲＳ〟京子ちゃん[※2]は、とってもかわいくておいら達おじさんのアイドルだった。が、眉毛《まゆげ》があまりにも凛々《りり》しいため「桃太郎」だの「犬夜叉《いぬやしゃ》」などとからかわれていた。

「その眉毛は、毎日抜かないと、すぐ『こち亀《かめ》』の両さんみたいにつながるだろ？

伸ばし続けると村山元首相のようになるんじゃねーの？」

とか言ってゲラゲラ笑っていた。すると京子ちんは

「小学生の頃よく『まゆ毛まゆ毛』といじめられたんです」

とつぶやいて、妙にしんみりした。

何でも適量がいいのである。

追伸：この間、京子ちんは藤原紀香ちゃんに「眉毛、毎日抜いてんだって？」と言われたそうだ。スマン、ハセキョー。

※1：ちばてつや作の相撲漫画。※2：2001年当時、長谷川京子ちゃんが司会をしていた格闘技番組『SRS』のこと。

プリンスはもうテレチャンには出ないのか？

おいらは大食いをする人が大好きだ。よく友人の相撲取りやレスラー達と飯を食いに行って、何回もおかわりする姿を見ると本当に幸せな気持ちになる。あれは一体どういう気持ちなんだろう？

自分にできないことを目の前でやられることへのヨロコビだろうか。じゃあ、オリンピックを見たりサーカスを見たりするヨロコビと同じなのか？と言うと、ちょっと違うような気がする。アスリートを見る興奮というよりも、どっちかってっと持って生まれた者の迫力、見世物小屋を見ている時の高揚感に近い気がする。

以前、ある有名空手マンと二人でしゃぶしゃぶを食べに行った。試合直後ということもあって、その食いっぷりたるやあっぱれだった。牛肉皿10枚までは必死についていったが、おいらはもう限界だった。そいつはその後10枚食って、平気な顔でおいらに聞いた。

「古チン、麺《めん》はどうする？」

吐きそうになりながら「おれはいいや」と告げると、そいつはちゃんぽん麺を2玉食った後にこうほざいた。

「おじやセット下さい」

しびれた。ホレた。本当にかっこよかった。何なんだ、お前は。

ところが、こんな見世物大会にアスリート魂をぶち込み出した連中がいる。いわゆるフードファイトというやつだ。

プリンス小林とジャイアント白田。

本当はどっちが強いのか。岸さんや赤阪さんにもう勝機はないのか。もうほとんどK-1を見ている気分である。

中村有志《ゆうじ》さんに聞いたのだが、『TVチャンピオン』の初期の頃は、街の大食い大会って感じで笑えたらしい。無茶する奴《やつ》らがいっぱいいて、TVに映せないことが頻繁に起こっていたそうだ。(いわゆるオエッパ!!)

だがある時期から様相が変わってきたそうだ。巨漢の人達が消え、やせた大食いの人達が、咀嚼力《そしやくりよく》と飲み込む力を上げるために、あごとのどを鍛え、勝つためにカプサイシン効果を使い、糖分過多にして胃に隙間《すきま》を与える。トレーニングを行い、作戦を練るという勝負重視になってきたのである。ガサツで楽しい大食いというものがリアルファイト、競技になってきたのだ。

こうなりゃ、もうスポーツにしちゃおう。中学や高校にクラブを作ろう。アマチュアリズムに乗っ取った大食いって、どうだろう？

ついでに、個人的には新井《あらい》和響《かずとよ》さんにもう一花咲かせて欲しいのだが、どうだろう。

ナカミチル

『ナースマン』というドラマの1回目に出たんだけど、その撮影現場でのこと。TOKIOの松岡くん主演の看護師のドラマです。うちの高田聖子《しようこ》も出ています。

そん時、改めて思ったんだが、やっぱ看護師さんってエロいよね。

TVで坂東玉三郎《ばんどうたまさぶろう》さんが言ってたんだけど、昔は

「廊下ではこう歩かなければいけない」

「エライ人の前では、こう振る舞わなければいけない」

なんていうキマリがしっかりしていたから、それをちょっと崩すことによって、色っぽさやだらしなさが表現できる。だからそれを見るということにドキドキすると言うのだ。それは西洋でも一緒。ドレスの時は背筋を伸ばさないとスカートの裾《すそ》を踏んでしまう。ツンとしていないと行動できないから、その人が崩れる場面にエロスを感じると言うのだ。

なるほど！　その通りだと思う古田！

最近、街であーんなにミニスカが歩いているのにちっともエロスを感じないと思っ

たら、そうなのだ。みんな、最初っからだらしないからだ。キチンとしたところを見てないからなんだ。だらしないだけで、Hを感じないのだ。

そこで看護師さんだ。やっぱり医療現場に携わっているわけだから、必要以上にきちんとしていなければならない。白衣（ピンクでもいいけど）にナース帽、白いストッキングで、背筋をピンと伸ばしていてほしい。そんな人が実は家ではゴロゴロしてたり、飲み屋でハシャいでたりするんじゃないかと想像すると、もうかわいいやら、エロいやら、キャーッこいつめって感じだ。それもこれも、普段キチンとしているからだ。ＳＥＸＹとは、ギャップと見つけたり。

世の若者達よ、キチンとしよう。楽だからと言って、いつでもぐにゃぐにゃしてないで、少々堅苦しくてもピシッとする時間を作ろう。その方が絶対にチャーミングでＳＥＸＹに見えると思う。

その方が得だ！　損と得では得の方が得だ！　顔とスタイルは、ＳＥＸＹさとは関係なし。

なぜこんなことを思ったかというと、ナース役の元ＳＰＥＥＤの上原多香子ちゃんと話をしていたのだが、なんでも沖縄では、お正月にお雑煮を食べるかわりに、豚の内臓を煮込んだ「中身汁」というものを食すらしいのだ。

ナース姿の多香子ちゃんが、あのキレイな顔で、

「中身汁っておいしいですよ」

って言うのよ。もうおじさん、あらぬ想像で頭パンパンよ。あ、やっぱキレイな方がいいんじゃん。

あ、今週の話、やっぱナシということで。

ぼっちゃんですかあ

みなさんは渡辺篤史《わたなべあつし》さんの『建もの探訪』という番組をご覧になったことがおありだろうか。

テレビ朝日系で土曜の朝9時半からやっている番組だ（現在は、関東で日曜朝6時より）。たいへん人気のある長寿番組で、おいらの周りでは視聴率80％を超える。うちの高田聖子なんかはこの番組の篤史さんにゾッコンLOVEだし、ここの篤史（以下敬称略）にやられた人間はゾロゾロいる。

番組自体は篤史がいろんな注文住宅、または独創的な建物を訪問するというタイトルどおりのものなのだが、何が面白いって、篤史の「ホメ芸」である。もうホメるホメる。目に付くもの、触れるもの、片っ端からホメていくのだ。当然、まず外観をホメる。

「ホー、この極端に三角の屋根、北の風土に耐えうる強度、雪や風の脅威を鮮やかに受け流し、そして周りの景観を決して損なわない、そればかりかソリッドな形なのになぜか、家族というものの温かさを感じさせる見事な直線デザイン。いやあ、すばらしい……」

この時点でおいらはもう足にきてるね。ミルコ・クロコップ[※1]のハイキックをガード上からもらったマーク・ハント[※2]のようなものだ。

さあ、玄関を通るぞ。

「失礼します」

ぐわっやられた。悪意を微塵《みじん》も感じさせない謙虚100%の篤史の必殺ブロウだ。この1発でKOされた人間は無数にいる。しかしまだまだおいらは倒れない。

「いい下駄箱ですね、ご主人」

出た！「ご主人」。決して慇懃《いんぎん》無礼にならず、それでいて対等ではない適度なへりくだり方。うまい!!　ナイスフック！　おいらのガードは完全に下がっている。が、篤史はまだ切り札を出していない。

「いやあ、見事な吹き抜けですねー」

きたきたきた。

「吹き抜けの上に大きな天窓が。これは明かり取りでしょう。太陽の光がさんさんと降り注いできます。いやあ、ありがたいなあ」

もげっ、で、出たーっ！「ありがたいなあ」必殺コーク・スクリュー。この言葉を聞いてしまったが最後、10カウントゴング。

全《すべ》てのものに感謝する最高の謙虚ワード「ありがたいなあ」。これはほんとに使い勝手がある。みんなも使ってみよう。どんなにケンカになりそうになっても、いやな気持ちになっていても、「ありがたいなあ」の一言で全てが感謝につながるのだ。

謙虚の達人・篤史の番組を君も見よう。

P.S. 最近ちょっと投げやりだけど。

※1：クロアチア出身。K－1を代表する選手だったが、現在は総合格闘技のリングに立つ。
※2：ニュージーランド出身のキックボクサー。2004年から総合格闘技の試合に出場する。

ケインの仕事がなくなった

困ったもんである。TVはフィクションだということをおいら達はもっともっと理解しなきゃならない。

子供のヒーロー番組でも最後に「よい子はマネしない」って言ってるだろ。我が愛するWWEでも「家で絶対やってはいけない」とテロップが出る。

「マネをすると事故るかもよ」

という意味なのだ。

あれだけ大ファンだと言っておきながら、おいらは「大食い」系の番組ができなくなったことを知らなかった。それを見てマネした視聴者がぶっ倒れたり、亡《な》くなったりしたかららしい。だめだ、マネしちゃ。相手はTVなのだよ。

いつの間にか『筋肉番付』もなくなっていた。こっちは番組中の事故が理由だ。なんだそりゃ。

あのねえ、どんなに気を付けていても起きるものなのよ、事故なんて。ましてや、バラエティ番組である以上、思いっきりムリをしている奴《やつ》を見て、おいらたちはゲラゲラ笑うわけである。危ないからこそのヒヤヒヤだ。信用しちゃいけない、ＴＶを。面白くするためだったら、ある程度の無茶苦茶は平気でやるんだから。

もし、おいらがディレクターだったら、倒れたチャレンジャーをもう一度イスに座らせ、いいカメラ位置を決めて、倒れる瞬間をハイスピードで撮って音楽をかぶせるくらいのヤラセは平気でやるね。

そこでおいら達は、そろそろ「見る側の意識」を考えるべきだ。つまり見たくないＴＶは見ない。ＴＶはウソなのだから信じないということを肝に銘じて楽しむ。その方がＴＶ側も思いっきりヤラセや無茶ができる。

ま、あの手の番組は、おしなべて素人《しろうと》参加が基本だから、見ている人が試してみ俺にもできそうだと思って応募してくるもんだけど、試してるんだったらムリすんな。そのために、あの白田くんの見事な食べっぷりや新井さんの「カラソー」な食べっぷりや、赤阪さんの鼻をたれながらの食べっぷりを見る機会が極端に減ってしまうのは残念だ。彼らは悪くないのに。

筋肉系の番組にしてもそうだ。見てりゃ分かるだろ。自分にできるかどうか。

それでもＴＶに出たいなら、「のど自慢」か「クイズ」。もしくは「リフォーム」か「亭主改造」にしてくれ。これらなら、倒れたり、死んだりすることもあるまい。

とにかく言っておくが、TVを信じるな。マネしたり自分でもできそうだなんて考えないこと。おいらたちは見て笑ってりゃいいんだから。危険なことすんなって。みんな、ムリすんなよ。

追伸：本気でまた大食い見たいんですけど、TBS系以外はやらないの？

松崎しげる

日本の男性の80%が髪の悩みを抱えているそうである。

昨日、ボウズにしました。丸ボウズです。寒いし、気持ちいい。去年ケガしたキズが貯金箱のように横一文字にハゲています。

ハゲって言葉はすごいね。悪口としては、かなりの威力を持っている。80%の人に効くはずだ。デブとかバカよりも効くわけだ。ハゲ。

ある映画の現場に行った時、女優さん達とハゲ話になった。芸能人にもかなりのハゲがいるらしい。

舞台の稽古《けいこ》中にヅラを取って、汗をふき、またヅラをかぶったKさん。マネージャーさんが床山※1さんに
「ズレたら直してあげて下さい」

と頼んだ時にはもうズレていたWさん。いつもよりちょっと前の方にかぶっていたら、若手の女性タレントに
「後ろ、襟足、切りすぎですよー」

と屈託なく言われたMさん。まだバレてないと思っているKさん、Tさんetc……。ハゲ・ヅラ話にはキリがない。

みんなボウズにすればいいのに。気持ちいいわよー。なきゃないで楽しんでしまえば楽になるのに。

やっぱ大人ってばハゲてる方がいいよね。「お父さん」と呼ばれるためならバーコードのハゲの方がカッコイイと思う。おうちで、着物を着て、下手な碁を打ちながら、子供に「宿題は終わったのか！」と怒鳴るなら、やっぱ波平《なみへい》ハゲの方がしっくりくる。カッパみたいに脳天からハゲるのもいいし、剃《そ》り込みみたいに前から攻めてくるのもいいし、大五郎みたいに前頭部だけ残るのもいい。ちょっと恥ずかしいなって気にして1：9に分けてたりするのもまた乙だよね。ハゲてくれれば、ハゲのバリエーションを楽しまなきゃ。

みんなも楽しもう。「♪ヘイ、悩みムヨー♪」ってアッコの姉御《あねご》も唄《うた》ってるし。そういえば、恥毛とかわき毛とかムダ毛のヅラもあるらしいね。ま、ケガとか病気でなくなっちゃった人が付けるんだろうけど、毛っているか？　そんなに重要じゃないよな。

おいらが中学2年の夏、先生の質問に挙手してわき毛が見えた女の子のあだ名は、すぐに〝わき毛〟になった。そいつの親友は〝鼻毛〟というあだ名だった。二人ともすっごいカワイコちゃんだった。

毛はあればあったでよし！　なければなかったでよし！

元・金髪ロン毛、今ボウズのおいらは、そう思うのである。

※1：俳優の髪を結ったり、かつらを整えたりする人。

インリン・オブ・ジョイトイ◎

週刊誌を見ていたら、おいらの大好きなタレントさんが脱いでいた。嬉《うれ》しくもあり、悲しくもあり。

「脱がなくてもいいのに……」と思いながらも、「やったー！」の気持ちが大幅に勝ち、嬉々《きき》として袋とじを破く。

「初めてのフルヌード」のあおり文句がおいらの指先に力を加える。焦《あせ》り気味に中を覗《のぞ》く。

……手ブラ！　毛も見えねえ！　確かにパンツやブラジャーは取っている。が！　だ！　手で乳首を隠し（この状態の事を手ブラという。手がブラジャー代わりの略である）、股間《またま》も何かで隠しているのである。

これをもって、どこをフルヌードというのであろうか。次のページも次のページも、巧みに隠されている。

おいらの少年心はズタズタに引き裂かれた。そんなんだったら水着の方がましだ。もっとおいらをコーフンさせろ。劣情させろ。ましてや

「初めてのフルヌード」

なんだろ。ドカンといかんかい。手ブラや毛を隠しているものはフルヌードとは言わん。

さらに、その写真がおいらを激怒させたのは、乳首を隠している指先の間から見えたモノだ。

「ニプレスじゃん」

付けてるじゃん。着てるじゃん。フルヌードじゃないじゃん。ニプレス付けてんだったら、フルヌードをうたうな、バカ。がっかりさせるにもほどがある。ニプレス付けて指先で隠すな。二重に隠してるじゃねえか、嘘《うそ》つき！　おいらは嘘が大好きだけど、人をがっかりさせる嘘は絶対ダメだ。

ヌードはいつまでも男達のオアシスなのだ。大切に扱ってくれ。別に、全部見せろと言ってるわけではないのだ。見れなくても、いくらでもコーフンはできる。演出次第なのだ。

古くは山咲千里《やまざきせんり》さんの写真集。同じ手ブラでも左右の乳房をむんずと掴《つか》み、上下に引き離していた。たったこれだけの演出だけで、ヌードな感じに躍動感が生まれる。

そう、今回のテーマは、

「ヌードな感じ」

これが一番大切なのだ。脱いでなくたっていいんです。大事なのは、いやらしいか、いやらしくないか。いやらしくないヌードは「ヌードな感じ」のする水着よりは偉くないのである。

最近では吉岡美穂《よしおかみほ》ちゃんやインリンちゃんが、脱いでないのに「ヌードな感じ」を大事にしている。みんな見習ってほしいところだ。

ところで、スッパダカにニプレスだけ付けて、気をつけしてるのって「ヌードな感じ」だと思うが、みんなどう思うよ。

那智黒《なちぐろ》

♪こぉ〜は〜くし〜も〜と〜、かいちゅうこぉ〜えん、うみぃの〜きれいはぁ〜、にほ〜んい〜〜ちぃ……と。串本節《くしもとぶし》の替え歌、海中公園のCMソングであります。

今、おいらは本州最南端、和歌山県は串本に来ております。何をしとるかっつーと、映画『魔界転生《てんしょう》』のロケなんですね。

主演、天草四郎は窪塚洋介《くぼづかようすけ》くん。この撮影中に、叶恭子《かのうきようこ》とはどんな付き合いなのか聞きたいものです。対する柳生十兵衛《やぎゆうじゆうべえ》に、お父さんは本当に釣りが好きなのか、佐藤《さとう》浩市《こういち》さん。そして古チンは魔界衆の一人、槍《やり》の使い手、宝蔵院胤舜《ほうぞういんいんしゆん》であります。と、映画の話はこの辺で。

ねえねえみんな知ってた？　和歌山って空港があるのね。和歌山の人達、怒らないで。おいら24年間関西に住んでたんだけど、全然知らなかった。「南紀《なんき》白浜《しらはま》空港」っつーのが、あるってこと。

実はおいらの父ちゃんの会社の保養地が白浜にあって何度も来てんのね。それに4年ほど前に膝《ひざ》の手術をした時、2週間近くリハビリと湯治で和歌山に滞在したんだけど、ほんとに知らなかった。和歌山あなどりがたし。

　ということは、全国津々浦々に、おいらの知らない空港がうじゃうじゃ潜伏しているのかもしれない。「南紀白浜」なんていう有名なリゾート地にあるわけだから、そこそこ有名な土地には存在するのだよ。

「奈良いかるが空港」とか。

「三重お伊勢さん空港」だとか。

「ひらかたパーク大菊人形空港」とか。

ま、ないと思うけど。

　元々、仕事じゃなきゃ絶対乗らないくらい飛行機が嫌いで、セプテンバー・イレブン以来、飛行場にさえ行きたくなくなっていたおいらだが、「南紀白浜空港」ぐらいに魅力的な名前の空港があったら、行ってしまうかもしれない。久々のスマイルヒットだったな。

　その上、串本がいい。この時期にあったかい、あったかい。海中公園あり、白浜にはワールドサファリ、瀞峡《どろきよう》の風景を眺め、勝浦で温泉に入り、太地《たいじ》でホエールウォッチング。

　うわ、がんがん遊ぶところあるじゃん。ディスカバリー和歌山！

しかし現実は今日も明日も明後日《あさって》も、血のりと汗にまみれて、チャンバラ、チャンバラ……次はきっとプライベートで遊びに来よう和歌山！

P．S．和歌山県観光協会の方、ボクに何か下さい。

写メって言うな

あけおめ〜。

みなさんは街で芸能人に会った時どうします？　声かけます？　おいらは時々声をかけられます。

「古田さんですよね？」

「はいそうです」

「応援してます。頑張って下さいね」

「ありがとうございます」

「握手して下さい」

「ありがとうございます」

と、まあこんな具合です。ありがたいなあ、よーしガンバロウと思います。ところがこんな人ばかりではないのです。

昨日のことです。飲み屋でおしっこをしていると、「あのー」と若い男の子に声をかけられました。

「TVとか出ている人ですよね?」

ビミョーである。「TVとか」という言い回しもどうかと思うし、おいらを認識しているかどうかも疑わしい。若干ムッとしたが、そこは大人です。「ハイ」と答えました。

すると青年は
「ハイとか言うな」

と言って仲間とトイレを出ていきました。グラッと頭に血が昇りました。トイレの外から笑い声が聞こえます。追いかけていってぶち殺そうかと思いましたが、おしっこはまだ出ています。やがて、おしっこは出尽くしましたが、やり場のない怒りだけが体内に残りました。

どーよこれ。普通怒りません? 失礼でしょ、どー考えても。昨夜は怒りで眠れませんでした。

そして今朝、駅の売店で回数券を買っていた時です。6人ぐらいの女子高生が声をかけてきました。

「すいませーん。古田新太さんですよね?」

昨日の今日です。「ちがいます」と答えようかと思いましたが、やはりおいらは大

人です。優しく「そうです」と答えました。女子高生達は
「だってー。アハハハハ……」

と去って行きました。ど、どーよこれ。おいらが古田新太だってことはそんなに面白いか？

往来で声かけられて、いきなり笑われたらムカつきません？　確かにおいらはお笑い系の役者だけど、まだ面白いこと何にもしてないでしょ。

あと最近多いのは、

「あのーすいません。写メいいですか？」

いやです。知らない人に写真撮られたらいやでしょ。しかも写メって。プリントアウトして大事にしてくれるの？

芸能人だって人間です。ましておいらは中途半端《はんぱ》なタレントです。そっとしておいて下さい。しかし、本当の人気タレントさんて大変なんだろうな。

よかった。おいらがキムタクじゃなくて。

君の浴衣《ゆかた》姿に彼はメロメロだ

花火は好きよー。東京に居を移してからも、マネージャーの家が両国にあるので、毎年「隅田川大花火大会」に家族で行っとるし、お台場の花火も見に行っとるね。けどやっぱり、学生時代を過ごした大阪の花火大会には思い出がつまっとるよ。おいらは富田林《とんだばやし》近くの大阪芸大に行ってたので、やっぱりＰＬ。[※1] 大学の屋上に、ビールを持ち込んで夕涼みがてら楽しんでおりました。

ちなみに、芸大の後輩達へ。20号館の屋上から見るＰＬの花火は絶景だぜ。いい感じの風を受けながら、花火を楽しむ。ビールもいつしか、焼酎《しょうちゅう》のサワーロイヤル割りになる。Ｎ女子寮のＭちゃんも今日は浴衣を着てたりして、ほんのり赤く染まったほっぺが花火の光に照らされてたりして、もう速攻、一つ下の教室に行って×××。あー、いい時代だったな。

やっぱり、きれいなものっていいね。おいらのような腐った人間でも、素直に「ステキだなー」と思っちゃうわけさ。隣を見ると、キラキラした目をして花火に照らされてる大好きな女の子が。しかも〝薄着〟で！　こんな至福はないぞ！　行け!!　花火大会へ!!

確かに、花火大会はすごい人混み、大変な騒ぎだ。だがね、結構いいスポットがあったりするのよ。

「なんでここ、人がいねえの?」

みたいな場所が。そこを見つけたら最後、君が狙《ねら》っている相手はソク落ちだ!!

デートするなら花火大会!! そして面倒くさくても、浴衣にうちわ!! 恥ずかしがるな、若人よ。そのひと手間をかけるだけで、そのデートの質はぐーんと上がる。

女の子達、今から付き合いたいなーと思っている彼とのデートには、浴衣で花火だ。もし君の髪が長ければ、アップにするのも忘れずに。君の浴衣姿に彼はメロメロだ。少々あざといが、石鹼《せっけん》の匂《にお》いも忘れずに。

君が彼なら下駄を履け。花火大会に向かう道すがら「カランコロン」というリズムのいい音は二人の間を親密にするには最高のBGMだ。

言っとくけど、二人して浴衣着た日にゃ、燃え方はすごいよ。はっきり言ってコスプレよ。まあ夏の情報誌には、素敵な花火が見えるホテルやスポットが載っていることであろうが、言っておく。

「おのが足で都会の隙間《すきま》を見つけろ!!」

これが夏のアバンチュールの極意だ。ちょっと遠くで花火を感じる。これだ!! これぐらいが一番Hな気持ちになる!

ここで裏ワザを紹介しよう。花火大会の後、コンビニで花火セットを買え!! 人混みの引いた公園でもう一度、二人だけの花火大会だ。最後の線香花火が落ちた時には、完全におまいたちは二人だけの世界になってるはずだ。健闘を祈る。

ちなみに親友のJは、この時いきなり彼女に抱きつき

「お母さんの匂いだ……」

とつぶやいて失敗している。言葉を選ぼう。

あ、扇町界隈《かいわい》から見る天神祭の花火もいいぜ。

※1：パーフェクトリバティー教団が毎年8月に行う、「教祖祭　PL花火芸術」のこと。

エッセイっつーのもなぁ……

「カフェ」ってなんだ。「キッサテン」じゃダメなのか？「スウィーツ」ってばなんなんだ。何か気取った感じがするのはおいらだけか。みんな平気か？使いこなしているのか？

この間、泊まりで地方に仕事に行った時のホテルの朝食バイキングでの話だ。後輩の女性タレントさんが、二日酔いのおいらに気を利《き》かせて声をかけてきた。

「古田さん、つらそうですね。よかったら私、取ってきましょうか？」

普段のおいらなら絶対自分で行くのだが、本当にしんどかったのでついつい甘えてしまった。

「ごめんね、じゃあんまり食欲がないんで、コーンフレークにミルクをよろしく」

「はーい、シリアルですねー」

……あかんのかい!!　コーンフレークじゃ。なーんやシリアルって。ガキの頃から、それはケロッグのケロッグ博士が作った万能朝食コーンフレークなんじゃ。そら今はシリアルが主流かもしれん。でも、ええやろ、コーンフレークで。ええやろ「はーい」だけで！「シリアルですねー」は、いらんのとちゃうけえ!?

思いっきりこう思ったのだが、おくびにも出さなかった。彼女は親切心でおいらの食事を取りに行ってくれたのだ。こんなチンピラのインネンのような怒り方をしてはいけない。おいらは昇り出した血液をクールダウンさせた。

彼女が持って来たコーンフ……いや、シ、シリアルっつーの？　にミルクをぶち込んで、ぢゃーぶ、ぢゃーぶ食べていた。

「あ、やっぱコーヒー飲みてーな」

そう思ったおいらは、コーヒーを入れに行った。コーヒーはあったのだが、コップがない。おいらは彼女に聞こうと思った。……ちょっと待ったあ!!　あぶないあぶない。あやうく「コップ」と言うところだったぜ。「カップ」だ。コーヒーカップだ。コップっていうのは、立ち食いそば屋にある、青い、昔、透明だったんだけど、といった感じの、途中が段になってる重ねやすいアレだ。コーヒー飲むのはコーヒーカップっと。

「ねえねえ、カップどこにあるか知らない？」

「あ、マグなら奥に置いてありました」

……ええやんか、カップで！　コーヒーカップやろ。マグってカップっていう意味なんやろ。しかもおいらたちゃ、この間まで「マグカップ」って言うもんだと思ってたよ。今考えりゃ「カップカップ」やないかい。ブラジャーか！

そんなことはどーでもええ。言い直すなボケッ。意味分かったんやろ。「奥にありますよ」の一言でなぜ止められん⁉　アホンダラア！

……さっきより、より思いくそこう思ったがみじんも感じさせず、くらくらしながら煮詰まったコーヒーを、ぢゃーぶぢゃーぶ胃に流し込んだ。

何が言いたいかというとだね、どんな言葉を使おうと人の勝手でしょ、今風の言い方は知らんわけじゃないが、こっぱずかしいのだよ、ということだ。これは目上の人に敬語を使うとか、あまり親しくない人に丁寧語を使うとか、文法上間違っているとか、そういうことじゃないのよ。おいらも言葉遣いがムチャクチャだし、とても40前の大人の口のきき方じゃないことは重々承知している。だがさあ、おいらが機嫌良く使っている言葉を、わざわざ言い換えんでもいいじゃろ、ということなのよ。

「ジーンズのズボンありますか？」を

「デニムのパンツですね」

って言い換えんなっちゅうことやね。ま、おいらもGパンって言うけど。

(おいらの理論で言えば「Gズボ」なんだけどね)

しかし、このズボンのことをパンツという文化はどうよ。パンツはパンツだろ。グンゼのYGの下着だろ。先っぽが当たる部分が、ちょっと濡《ぬ》れてる……。パンツって平板に言うんだろ? 知ってるよ。だがズボンでもいいだろ。っていうかズボンの方が分かりやすくないか? 作業ジャンパーと作業ズボンだろ。作業ジャケットと作業パンツとは言わんだろ。なんか、カッコ付けてるだけのような気がするんだが、どうか?

「ここのカフェ、パスタがおいしいんだけど、ポーションが大きいから、ひとつをみんなでシェアしよ。あとスウィーツは……」と

「ここのサテン、スパゲティがおいしいんだけど、量が多いから、1個みんなでつつこ。デザートは……」と

どっちが分かりやすい?

がんばれオリックス

書かずばなるまいて。阪神タイガース、リーグ優勝おめでとう！ 日本シリーズもがんばれ！ おいらは別に阪神ファンではないのだけれど、やっぱり嬉《うれ》しいもんだ。優勝が決まった時おいらは東京にいたのだが、うちの劇団は大阪松竹座で公演中。そう、道頓堀《どうとんぼり》の戎橋《えびすばし》の真横である。すぐさま後輩の吉田メタルに電話を入れた。

「おい、どういう状況よ」

「どーもこーもないっすよ。人がぼろぼろ落ちていってます」

やはりそうか。あれだけいろんな人達が危険だからやめろっつってんのに、やっちゃうんだよな、阪神ファン。電話を村木仁に代わった。仁は新潟生まれの阪神ファンだ。

「仁、どうよ。本場の盛り上がりは？」

「こ、こわいっす。こわいっすよー」

そうなのだ。地方のファンには分かるまいて。大阪の阪神ファン、中でも便乗ファン、にわかファン達の暴挙はまさにフーリガン。18年前の記憶がつい最近のように思い出される。

当時20歳の古チンは、その日ミナミで仕事だった。桂雀々《かつらじゃくじゃく》さんのライブがあり、ジャッキー（雀々さん）の後ろで踊っていたのだ。ライブ中に阪神の優勝が決まり、場内も沸いていた。無事ライブが終わり、一緒に踊っていた女の先輩3人と街へ出た。さぞや盛り上がっているだろうと思ったが、あにはからんや人っ子一人いない。不気味なほど静まり返っていた。だがこれが嵐《あらし》の前の静けさだったわけだ。おいら達は戎橋筋を、ミナミから北上して行った。シーンとした商店街を歩いていると、どこからともなく歌声が聞こえてきた。

「……ソー天か〜ける〜日輪〜の〜」

「六甲おろしだ！」

6人ぐらいのグループが横道からやってきた。とその時、逆の横道から「青〜春のハキ〜うるわし〜く〜」別グループがやってきた。

その後も路地という路地から、六甲おろしがやってくる。みるみるうちに集団は50人くらいになっていた。おいら達もその波に飲み込まれ、誰か知らん人に肩を組まれていた。こ、こわい。素直に恐怖を感じた。まるでハーメルンの笛吹き男だ。このまま六甲おろしを歌っていたら、海に引きずり込まれて死んでしまうのだ。

「せ、先輩！　横道にずれましょう!!」

おいらは、かき消されそうになりながらも、先輩達をその波から引きずり出した。

「ひとまずお店に入りましょう！」

ちょいと小粋《こいき》な縄のれん、静かそうなお店を選んで中に入った。

「オメデトー!!」

誰か知らん人が、おいらにコップを持たせ、誰か知らん人がビールを注いだ。

「一気一気！」一気飲み全盛期である。おいらはたて続けに6杯ほど飲まされた。

「かっせかっとばせバース！　ライトーへレフトへホームラン！　かっとばせーバース！」バースはいない。この人達はいない人を応援している。

ところで、一体ここの払いは誰がするんだ？　お店の人は奥の方で頭を抱えている。山賊だ。この人達は山賊だ。はっと我に返ると、先輩の一人が見当たらない。おいらは慌《あわ》ててトイレを見に行った。先輩は、パンツ放り出しで便器に突っ伏していた。一瞬のうちにつぶされていた。このままでは犯される。スーフリだ。この人達はスーフリだ。おいらはその先輩をおんぶして、後の二人の手をつなぎ、店を出た。お金は払っていない。おいら達も山賊の仲間入りだ。

戎橋には、信じられない数の人間が蠢《うごめ》いていた。カーネルおじさんの胴上げが今まさに始まらんとしていた。

「道頓堀に人が飛び込んだ！」伝説の道頓堀ダイブの始まりである。

向こうの通りでタクシーが裏返された。こっちでは、道路標識がへし曲がっている。ここは地獄だ。神はおいら達に何をさせようとしているのか。『ドラゴンヘッド』な、『バトルロワイヤル』な気持ちでいっぱいになった。

「ゲロゲロゲロ」おんぶしていた先輩がおいらの耳元から肩口にかけて、温泉のライオンよろしく嘔吐《おうと》した。何もかもメチャクチャだ。へろへろになった3人の先輩を引きずってラブホにチェックイン。事なきを得た次第だ。

これが18年前の阪神優勝の時のミナミの様子だ。そして今、2003年のミナミで同じ事が繰り広げられているのだろう。ともあれ嬉しいのは分かるが、今回死人まで出た道頓堀ダイブ。いかがなものかと。本人が危ないだけじゃなく、人にも迷惑がかかる。実際、18年前に沈んだカーネルおじさんを捜しに生瀬勝久《なませかつひさ》さんが潜って、ひどい中耳炎になった。かわいそうに。

タイガースは悪くないのに。

葉隠れ

よく、関東のうどんは味が濃くて食えない、と言う関西の人がいる。おいらも初めて東京でうどんを食った時、びっくりした。見た目真っ黒で、醤油《しょうゆ》を飲んでるようだ。立ち食いなどのやっすい店で食うと白い麺《めん》が黒く染まっていて、いかにも体に悪そうだ。

やはり関東はそば文化なのだ。そば屋でうどんを食う。関西一円の麺専門チェーン「都そば」が東京展開してくんないかな。やはりうどんは「都そば」だ。かき揚げっぽい天ぷらと卵をぽちょんと落とした「スタミナうどん」七味ぶたかけを、時折無性に食べたくなる。無論、時々「ブフォッ!」とむせながら、青いコップで冷水機の水をがぶ飲みしてだ。

こんな、東京在住のうどん食らいに救世主が現れた。「さぬきうどん」ブームである。一時のモツ鍋《なべ》屋のようだ。今までカレー屋とパーマ屋だったお隣さんが、さぬきうどん屋2軒になっていたりする。頼むぞ、おいら達うどん好きのためにも、共倒れするなよ。「さぬき屋」「めりけん屋」などいろいろなチェーンがあるわけだが、今んとこ「はなまるうどん」が一歩リードって感じだ。

かくいうおいらも一番よく利用している。ここのシステムは簡単だ。麺以外はセルフサービスである。麺の種類を指定して、お揚げさんや天ぷらなどトッピングしたいものを選び、その合計を最後にキャッシャーで払うのだ。釜揚《かまあ》げ、冷やし、ざる、なんでもうまいが、おいらのおすすめは「かま玉」だ。あつあつのうどんに生醤油と、生卵を絡《から》めただけのものだが、うまい！ うますぎる!! こいつに揚げ玉（関西では天カス）、かつお節、おろし生姜《しょうが》、きざみのりをトッピングして、ぐじゅぐじゅにかき混ぜて食らうのだ。見た目はグロだが最高！ しかもこのトッピングは全《すべ》てタダ!! お得感最高！ 先輩の筧利夫さんはその昔、大阪の立ち食いうどん屋で天カスのかけ放題を見て、面食らっていた。東京だと天カス入りのうどんやそばは「たぬき」と言って立派なメニューのひとつになるからだ。そりゃびっくりするわな。とまあ、タダトッピングの豊富さも「はなまる」が嬉《うれ》しいポイントではある。

さらに、「かけうどん」というメニューがある。いわゆる素うどんだが、なんと１０５円！ タダトッピングの天カス・かつお節をどしゃどしゃかけりゃ充分腹も満たされようってもんだ。だが、である。大の大人が１０５円のうどん一杯で店に入り、そして帰るというのは、いささか恥ずかしくはなかろうか。「セコーい」とか「ケチなヤローだぜ」とか言われないだろうかというちゃちな危惧《きぐ》がある。おいらは友人と5人一人でやるのは勇気がいるが、大勢いればそうでもないはず。ずらっと5人でお盆を手に並びトッピンで「はなまる105円ツアー」を実施した。ずらっと5人でお盆を手に並びトッピング棚に目もくれず、麺のコーナーに直行した。でかい男どもが口々に叫ぶ。

「かけ、小！」

素うどんを手に、キャッシャーに105円をたたきつけ、タダトッピングをドバドバかけて、冷水を飲み飲み一気にかき込んだ。うっすらと汗ばんだ額をぬぐいながら、しっかりとした充実感がおいらを包んだ。

「今日の昼メシ105円なり……」

達成感を噛《か》みしめていると隣のヤツが、「あ、やっぱりおにぎり食べよ！」の一言を残すや、おにぎりコーナーに向かった。呆気《あっけ》にとられているおいらの向かいのヤツも「じゃ、おれも天ぷら食お」その隣のヤツも「おれ、おでん」とおかわりよろしく、トッピング棚に向かった。

バカモノどもよ。なぜわからん。105円で昼食を終えたという達成感になぜひたらん！　むせび泣くおいらの周りで仲間達は、各々《おのおの》選んだものをブタのようにむしゃむしゃ食らっておった。無粋な輩《やから》め！　おまえら粋《いき》ってことを知らんのか。

「古チン、それで足りんの？」

お前らのような下衆《げす》と一緒にするな。おいらは105円の昼食が自分の人生においてどれだけの意味があったのかを反芻《はんすう》しておるのだ。その脂《あぶら》ぎった口でおいらに話しかけるな。ええい、口惜《くちお》しや。日本男児の志ここに途絶えり。もうお前らとは「はなまる」には来ん。今度は絶対に一人で挑戦してやる。そして颯爽《さっそう》と105円払って、肩で風切って店を出てやる。それが「はなまる」へのリスペクトってやつだ。

よーしやるぜ！　ちょっと恥ずかしそうだけど。

一力

今、おいらは日暮里《にっぽり》のマンガ喫茶でこいつを書いている。というのも、劇団公演『レッツゴー！忍法帖《にんぽうちょう》』のCDレコーディングで近くのスタジオに来たのだ。

いやあ楽しい！　1年ぶりの劇団公演参加、面白い人が山盛りだ。橋本じゅんさんと阿部サダヲくんが主役なのだが、もーそんなことはどーでもいいぐらいの盛りだくさんなキャラの人々。また長くなってしまうのだなーと若干の憂鬱《ゆううつ》さを含んで、稽古《けいこ》は進んでおります。

昨日も日暮里でのレコーディングが早く終わったのでみんなで飲みに行った。が、日暮里なんて誰も土地鑑がない。やみくもに歩いた挙げ句、あまりにもガラすきな店内にひるみつつ、焼鳥屋に入った。

「あーいらっしゃい、ていうか、今日は通常通りじゃないけどいいかな？」

がさつな感じでおじさんが出てきた。

「今日焼鳥、焼けないのよ」なんだそれ、ここ焼鳥屋だろうが。

「マスターが倒れちゃってねー。それでもいい？」

アホか！　いいわけねーだろ。っつーか、おじさん、お前誰だ！　年くったバイトくんか！　開けるな店を！　倒れたマスターを看病してやれ。おいら達はその店を早々に出て次を探した。

　そういえば前にも同じようなことがあった。錦糸町《きんしちよう》・墨田パークスタジオ近くのもつ焼き屋だ。おいらは池田成志さんと羽野《はの》アキを連れてその店に入った。真っ黒にすすけた木の壁、カウンターだけの割には広い店内。バイショーミツコな感じの和服の女将《おかみ》が一人で切り盛りしていて、タカクラケンな客が一人で飲んでいるような店構えだ。おいら達は水中花を置いてある隅っこの席に陣取った。しかし待てど暮らせど店の人間が出てこない。

「スイマセーン」

　すると、店の中央にある階段からおばちゃんが逆さまに顔を出し、叫んだ。

「うわー、びっくりしたー」こっちのセリフじゃ！

「ごめんね、今用事してたから」知るか！　その前にいらっしゃいませだろ。

　この時点でおいら達は気付くべきだったのだ。その店は渋くて静かな店ではなく、客がめったに来ない店であることを。チンチンの熱湯に浸していたおしぼりをトングでつまみ出し、おいら達にそのまま渡そうとした。

「熱いよ」わかっとるわい。置け！　カウンターに置け!!　もうもうと湯気の立ち上るおしぼりを前に「ビールちょうだい」と声をかけた。

「瓶？　生？　どっち？」

「じゃ、生」

「ゴメーン、瓶しかないのよ」

志村かお前は！　コントだよそれじゃ。ない物は最初から言うな。しかしおいら達も気が長い。まだ帰らない。

「もつ焼いてもらおうかな」「ゴッメーン。もつないの」

おーい！　ここはもつ焼き屋じゃねーのか。表の赤ちょうちんに書いてあった「もつ焼き」は嘘《うそ》か！　嘘を前面に押し出している店か。

「じゃ何あるの？」

「うーん」

巨大な冷蔵庫を開けて、おばちゃんはこっちに振り向き「あじの開き？」

聞くな！　小首を傾けるな。本当に気のながーい3人は、瓶ビールを飲みながら乾き気味のあじの開きをつついた。帰れ！　おれらも。

さて、インチキ焼鳥屋を出たおいら達ご一行は、また街を徘徊《はいかい》し出した。それにしても日暮里という街は面白い。日暮里銀座という、いわゆる商店街には変なお店がいっぱいある。「質屋のおぢさん」という店。店主はやはり「質屋のおぢさんのおじさん」と呼ばれているのだろうか。「焼肉サラリーマン」という店もあった。なんだそりゃ。「甘味処《かんみどころ》ビジネスマン」とか「寿司《すし》弁護士」とかもありか？　でっかい看板に「おかき処」。ちょっとHな格好のおねえちゃんが出てきて「どこをおかきしましょう」とか聞いてくれんのかいなどと想像させられた。案の定、お煎餅《せんべい》とか置いてある「おかき屋」さんだったんだけどね。

おいら達はゲラゲラ笑いながら日暮里を彷徨《さまよ》い続けた。日暮里サイコー！　住んだら楽しそうな街だ。いっぺんに好きになった。そんなこんなで、毎日稽古もそこそこに大酒くらっとるんだから、そら劇団公演は楽しいわな。芝居は大丈夫なのか？

つーわけで、この号が出る頃には大阪公演中、古チン久しぶりの帰阪だ。楽しみ楽しみ。でもって、この連載も今回で最終回ってわけだ。いやあ、よく続けられたものだ。大方が嘘話なのに最後まで読んで下さった方、おおきに。お手紙、ＦＡＸ下さった方、感謝！　またいろんなところでお目にかかれると思うが、変わらず温かい目で見てちょ。とりあえず、劇場で待つ！

それじゃーねー。

第四章　風に柳

らんぷ亭

現在、完全に太りすぎの古チン、友人の伊集院光《いじゅういんひかる》に会った時、「いやあ、俺が言うのも何ですが、すげえでかくなりましたね」と言われた。そりゃそうだろう。彼と初めて会った時は70キロそこそこだった。年に1、2回しか会わない彼にとっておいらは、コマ送りのようにでかくなっていったはずだ。

おいらは快楽主義者だ。嫌いな言葉はガマンだ。好きな言葉は、酒だ。一応、人前に立つ仕事なのだから、見映えを考えんといかんのだろうが、そんなところを我慢するくらいだったら、こんな仕事辞めてやる、である。おいらはだらしなく生きるために生きているのだ。食いたい時に食いたいものを食い、飲みたい時に浴びるほど飲み、やりたい時にやるのだ（何を?）。

そんな古チンに中村有志さんがいいことを教えてくれた。その名も

「ダダモ博士の血液型ダイエット」!!

なんと有志さんは、これで20キロも痩《や》せたそうだ。このダイエット法は、血液型によって、食べると太ってしまう食材といくら食っても太らない食材が違うという考え方だ。おいらはO型なので、米はいくら食ってもよいが小麦粉はよくない。牛肉はよいが豚肉はよくないらしい。となると日本のファストフードは軒並みいけない食べ物になる。パンがダメなわけだから、サンドイッチ、ハンバーガーなんてもってのほか、麺《めん》類はほとんど全滅だ。ラーメンなんかご丁寧に焼き豚まで載っている。ギョーザがダメ、パスタ類がダメ、関西人の友・タコヤキが食えない。お好み焼きにいたっては、小麦粉、豚肉、そしてもう一つよくないとされているキャベツがふんだんに使ってある極悪野郎だ。

そんなO型にぴったりなファストフードは……ズバリ「牛丼《ぎゅうどん》」である。O型の体にいい牛、米、そして若干のタマネギのみで形成されている。それにいろんな町に、いろんな店が点在している。とりあえずO型は腹が減ったら牛丼屋だ。味のバリエーションも豊富だ。「吉野家」を筆頭に「松屋」「すき家《や》」「なか卯《う》」……。ほうら、よりどりみどりだ。なーんだ、カンタンじゃん。牛丼大好きだもん。

うちの劇団の数人が時々行う「牛飲み」。普通は、焼肉屋で飲むことを指すんだけど、うちの劇団では牛丼屋で飲むことを指す。特に「吉野家」さん!!　ここはちゃんとした瓶ビールに日本酒もトックリで出てくる。「吉野家」さんの素晴らしいところはそれだけではない。一人酒類は3本まで、12時以降はアルコール類はお出しできません。このシステムだ!!　3本ぐらいじゃベロンベロンになることもないし、12時で終わらなければならないわけだから終電にも間に合う。素晴らしい!!

だいたい「牛飲み」は、3人くらいがちょうどいい。一人が牛皿特盛り、一人がシャケ定(食)、一人が納豆定(食)。これでツマミの充実度はぐっと上がる。最近は、牛シャケ定(食)なんてお得感たっぷりのメニューもある。ご飯も卵かけにして紅ショーガをたっぷりかければ、ちょっとしたお腹《なか》の膨れるおつまみだ。漬け物は付いてるし、みそ汁はあるし、こりゃたまらん!　だがこうなってくると一人3本と言わず、もうちょっと飲みたくなるのが人情ってもんだ。そんな時はどうするか。劇団の酒飲めないスタッフなどを誘って大挙して繰り出す。7人いれば21本飲めちゃう寸法だ。たいていのスタッフは稽古《けいこ》終わりで腹を空《す》かせている。飲み屋には来ない奴《やつ》も、元々牛丼屋さんはメシ屋なので付いてくる。おいら達は〝飲みぶち〟を減らしたくないので、奴らには飲まさない。奴らは普通に飯を食って帰ればいい。つまり奴らは酒3本分の奴らなのだ。奴らも1食分浮く。おいら達も酔っぱらい、八方丸く収まるとはこのことだ。

収まらないのはお店の人だ。だって居酒屋にバイトに来てるわけじゃないんだから不快なことこの上ないであろう。ま、勘弁してよ。また来るからさ。来てほしくねえか？　このように牛丼屋さんは、ヘルシーで楽しい僕らのディズニーランドなのだ。

今日はモダン焼きでも食うかな。え、極悪食品じゃないのか？　だってうまいもん。おいらガマン嫌いだから。

クエン酸

東京の私鉄が全面的に禁煙になった。健康増進法とかいうやつのせいだ。ホームや改札内はおろか、いわゆる構内と言われるところは全部である。最近、郊外のロケが多く、電車を何分も待たなくてはならなかったりする。ちょいと一服と思うが灰皿がない。ホームにはおいらしかいない。駅員さんがいるが、向こーうの方だ。でも煙草《たばこ》を吸えない。

なんかなー。釈然とせんなー。だーれもいないところでも公《おおやけ》の場じゃ吸っちゃいかんってどーよ。

秋葉原行ってみな。罰金よ。この間、あるお店から出て煙草に火を付けたら、お店のおばちゃんが、

「あ、知らないんだね。千代田区は路上で煙草吸えないんだよ。見つかったら2千円、ポイ捨てしたら2万円だよ」

と教えてくれた。

「あ、そう」と言っておいらは足で踏み消して、ポケット灰皿に入れた。

近くの公園に行くと灰皿が至るところに置いてあり、ビジネスマン達がゆっくりと煙草を吸っていたので、おいらも2、3本立て続けにそこで吸ってまた次の店に向かった。後で聞いたんだけど、そこも実は喫煙場所ではなかったらしい。なんせ千代田区。私有地以外、屋外のあらゆる公の場所では、喫煙してはならないらしい。となると、千代田区のお祭りでは煙草は吸えんのか。いかねー。いきたくねー。喫煙所作った方がよくねー？

ロケで学校を使うことがある。現在、学校内は全面的に禁煙である。だから校外に灰皿を持って吸いに行く。なんか不良になった気分だ。生徒に吸うなと言ってる教師がぶかぶか吸ってんのはおかしいじゃないかという理屈らしい。じゃあ、未成年にも喫煙権与えよーよ。与えたところで全員が吸うわけじゃなかろう。それに街で煙草吸ってる高校生見て、怒っている大人いねーじゃん。見たことねーもん。おいらは時々怒るけど、怒ってもしょうがないよ。おいらも10代から吸ってたし。これだけ健康を損なうって言ってんだから、吸わねーやつは吸わねーよ。それにニコチンは、人間の集中力を高め、脳を覚醒《かくせい》させる作用があることはわかっとるわけだから、勉強の効率も上がろうってもんだ。そしたら大っぴらに先生達も学校で煙草が吸える。ま、学校じゃ生徒は吸っちゃいけないとか生徒手帳に書いときゃいいじゃん。

この5年くらいで、病院の喫煙所なんかも、なくなっちゃう方向になってるらしい。おいら達の職場、ホール関係も公共ホールは、もうほとんどが禁煙だ。外に灰皿を置いているところはまだましで、喫煙者が連れ立って外に灰皿持ってって吸ってんのが現状だ。これは民間のホールも同様だ。青山劇場も喫煙所が小さくなったし、シアター・コクーンにいたっては、外でしか吸えなくなった。

この間、家の近所のそば屋に行って、煙草を吸おうとしたら、「申し訳ありません。外でお願いします」と言われた。そばの香りを損なうんだろうけど、ゆっくりできないそば屋は立ち食いで充分だ。気取りやがって。味的にもそう変わんないんだよ、ちくしょー。そば屋ってのは粋《いき》なじいさんなんかが、板ワサや卵焼きなんかをつつきながら酒をたしなむ大人の社交場でもあったはずだ。それがどうだ。そこで煙草も吸えねえのかよ。くそ。

結局立ち食いですませたおいらは、スタジオに向かうのにタクシーを止めた。やっとホッとして煙草に火を付けようとした時、運転手さんがこうのたまった。

「お兄ちゃん悪い。禁煙なんだわ」

ドカーン!! どうよ。喫煙者達よ、立ちあーがれー。このままでは本当に筒井康隆《つついやすたか》さんの小説[※1]のようになってしまうぞ。しかしあの運転手、腹立ったなー。ま、こいつのことを書きたかっただけなんだけどね。

あ、それから最近煙草をやめた医者のお前、「いやー僕も前はチェーンスモーカーでね、60本から80本吸ってたんだけど、ピタッとやめたよ。古田さんもやめなさいよ」

だとー。堕落した喫煙者めー。お前にだきゃ、言われとーないわ。

※1：「最後の喫煙者」（『最後の喫煙者』新潮文庫に収録）

キス・ミー・ケイト

キスが好きです。でもゾウさんの方がもっとスキです。……いやいやキスが好きなんですけどね。キスってなんだ？　通称ベラカミ。何なんだろ。

この間飲み屋さんで、ある美人女優さんがこんなこと言ってたのよ。

「キスって気持ち悪いから大嫌い」

えーっそうなの？　嫌いな人っているんだ。大ショック。みんな好きなもんだって思ってたから。

「だって他人のツバや舌が自分の口の中に入ってくんだよー。冷静に考えたら気持ち悪くってしょうがない」

じゃあどうしてんだ、恋人の男がキスしてきたら。

「しょうがないから受け入れるけど、なるべく口は避けるね。ホッペとかおでことか。めんどくさい時は、首筋とかにキスして、早くSEXに持ち込む」

えーっそーなのー！　もったいない。おいらなんか、どっちかっつーとSEXはめんどくさいから、ずーっとキスしてる方がいいやと思っちゃう方なんだけど。ということは、ステキなキスをしていないからなんじゃないのか？

「そんなことないよ。好きな人としかしない行為だよ。気持ち的には盛り上がってるし、ステキな気持ちになってるけど、やっぱり口と口ってのがどーしてもイヤなのよ」

「ちがうね。おいらはキスもSEXと一緒で相性があると思うのよ。こいつのことは大好きで、世界で一番愛している。もし明日世界が終わるならこいつと手をつないで死んでいきたい。でも、キスだったらあいつだなー。あいつのキス、気持ちよかったなー。ってのが絶対あると思う。おいらの少ない女性遍歴でも、あの子とあの子のキスはステキだったなあ、てのがあるもの。あと、うまいヘタだってあるはずだ。スゴイ上手なキスは本当にボーッてなるよ」

酔っぱらってる古チンはスゴイ。いくらでも口が回る。彼女は黙ってしまった。

「ちなみに、おいらは、すっごい上手なんだけど……」

ここまで言って、周りの人間のジト目攻撃にあった。

「やっぱ古田ってサイテーだな」あーサイテーさ。

ところで、キスは浮気になるのか？　この間の芝居で、キスシーンがあった。相手の女優さんと舞台上で大ベラカミ大会。おいら的には、非常にかわいいシーンにでき

たと思っていたのだが……。おいらの奥さんが何人かの友達と一緒に見に来たんだけど、

「あんた、ダンナがよその女とキスして平気なの!」

開口一番、そう言われたそうだ。

「いやいやそういうシーンで、うちのダンナはそういう仕事だから」

「いいよいいよ。今日は飲もう!」

慰められたらしい。ま、これは極端な例だな。人前でキスをしてお金をもらえる職業はなかなかないわけだからね。


でもあなたはどうよ。自分の好きな人が、目の前で他の人とキスしてたら。おいら的には、フレンチとかバードキスとかいう、すぼめた唇同士でチュッてやるやつだったらOK。微笑《ほほえ》ましいと思える。そりゃ執拗《しつよう》なベラカミ、舌の動きが見えるようなハグかまされたらブチ切れます。さて、この時です。どっちに切れます？　おいらは相手の男ですね。これは非常に女性的なんだそうです。男性のほとんどは、自分が付き合っている女性の方に切れるそうです。これも何なんでしょうね。

昔、奥さんと居酒屋に飲みに行ったら、そこに奥さんの古い友人のタレントさんがダンナさんと一緒にいたのね。おいらも久しぶりだったので、お互い「おーっ」とか

言ってプリッとキスしたのね。彼女はもう酔っぱらってて大ゴキゲンさん、カーニバルの真っ最中。こっちはまだシラフ。シラフでなんとなくキスしちまったおいらもなんなんだけど、あまりにも流れが自然だったもんで。「ヤベッ」と思ったが、時すでに遅し。相手のダンナもうちの奥さんも、ジト目になっていた。いいじゃん別に。ぴっと唇と唇が重なっただけでしょ。そんなことで殺伐とすんなよ。向こうのカップルが帰った後は、奥さんの「サイテーサイテー」攻撃にあったのは言うまでもない。あー、おいらはサイテーさ。

話は変わるけど、子供にやたらキスする親とかおジイおバアがいるけど、あれ見苦しくない？　おいらは絶対イヤだね。子供の頃されて嬉《うれ》しかったことないもの。やめた方がいいと思うよ。見てる方もあんまり楽しくないし。

ま、ステキなキスしていこうよ！　なんだ、このまとめ。

バイセコー

自転車が見つかった。7年ほど前、初台《はつだい》の新国立劇場の前に停めていて盗まれたものだ。遥《はる》かな年月を越え、東池袋でそいつに乗っていたやつが捕まり、防犯ナンバーから連絡が来たのだ。現行犯逮捕である。よくまあ、今頃ってやつである。

おいらは、よく自転車を盗まれる。大阪に住んでいた頃から考えると、もう10台くらい盗まれている。買い換える度に、地獄2号、3号と名前を付けていたが、あまりに盗《と》られるので何号だか分からなくなってやめた。名前が悪いのか？

しかしまあ、その盗ったやつ大事に乗ったもんだよな。おいら、自分で買ったものでもそんなに大切にしねえよ。7年間も乗ってりゃ、パンクしたり、スポークが折れたり、サドルが切られたりするだろうに。その度に修理して乗っていたんだと思うと、おいらの元にいた時より却《かえ》って大切にされていたのではなかろうか。

にしても、東池袋だよ。初台から結構遠いよ。っつーことはなんだ、西新宿辺りで飲んでて、終電逃して、途方に暮れてぶらついていると、唐突に道路に自転車が現れイタズラに乗ってみたら鍵《かぎ》が簡単に壊れたんで、これ幸い行けるところまで乗ってみようってんで、大久保越えて中野越えて高田馬場越えて……おやあ、池袋だよ。東池袋までは10分くらいか。乗ってっちまえ……着いた。家に着いた。やった。お前よく走るなあ。スゲエよ、ママチャリなのに。上り下りの激しい道程、俺を運んでくれたんだ。よく見るとかわいいな。カゴもなんだかおしゃれだし。色もモスグリーンのメタリック。俺の好きな色だ。よーし、これから一緒に生きていこう。お前とならいいコンビが組めそうだ。俺のあだ名がマツだから、お前はトミーだ。大事にしてやるから俺を裏切んなよ……。それから7年になりますってなストーリーも思い付こうってもんだ。いい話じゃねえかって、バカ！　人のもん盗《と》んなドロボー。

警察からの電話だと、そいつは中野坂上で盗ったらしい。現実には複数の自転車泥棒が、盗っちゃ乗り捨て盗っちゃ乗り捨てして東池袋に到着したようだ。ごくろうなこった。でもって警察の言い草がこうだ。

「取りに来て下さい」

イヤだよ!!　いけねーよ。行って乗って帰って来いってか。

「車で取りに来られたらいかがですか？」

持ってねーよ車！　こちとら自転車好きの電車好きだ。

「でも引き取っていただかないと」

処分してくれよ、そっちで。今は何台も乗り換えて、新しいやつが玄関にいるんだ。

「処分するにしろ引き取るにしろ、一度署の方に来ていただいて盗難の手続きを取っていただかなければなりませんので、明日の午前中にでも来ていただいて……」

おい！　勝手に決めんな。仕事が入ってるよ。

「処分するんでしたら、料金がかかります」

おーい、自転車盗まれといて、金まで取られんのかよ。ふざけんな。自転車ドロボーの罰金より金かかんじゃねーか。まったく踏んだり蹴《け》ったりとはこのことだ。

ところで、みんな夜に自転車で走ってて、警察に止められたことある？　おいらはしょっちゅう止められるよ。大酔っ払いしてる時が多いんだけどね。自転車にも飲酒運転の罰則があるんだってね。知らんかった。明大前に住んでた頃、渋谷に飲みに行った帰り必ず下北辺りで電池が切れて、自転車ごとゴミ置き場につっこんで寝ていたものだ。気持ちいいんだよね。つーか良さそうに見えるんだよね。ゴミ袋の山がふかふかしてそうで。でも実際は、何か固いものとか骨とか入ってるんだよね。何かの汁が出てて、触れると冷たいわ臭いわで大騒ぎなのよ。道路《どうろ》脇《わき》の植え込みとかもつっこみがち。枝で腕とか顔とか切っちゃうんだけどね。ほんでもって、そのまま大の字になって夜空を見上げるんだなあ。ちょっと半笑いだったりして。ベロベロになって見上げる夜明け前の空は、東京なのにこんなに星って見えるんだってぐらいキレイで「あー東京にも空はある」とか漠然と思って、ちょっとおセンチな気分になったりするのだよ。ま、腕から血が出てて、臭い汁が付いてたりするんだけど。いいんだよね、自転車。これが自動車だと死んでるけど。ま、人に迷惑をかけないよう、自転車の酔っぱらい運転も程々にしないとな。

最後に。っていうか、人の自転車盗んな、ドロボー！

※今現在は、ちゃんと道路交通法を守って乗ってます。

その女は客室乗務員

友人Aが車上狙《ねら》いにあった。確かにやつはジャガーに乗っていて金持ちそうに見える。だが実はビンボーだ。仕事が終わって駐車場に行ったら愛車のフロントガラスが粉々になっていたそうだ。

「アハハハ。フロントガラスがないよー」

あまりの現実感のなさに大笑いしたそうだ。で、一体何が盗《と》られたかというと、CD3枚、生で置いていた現金3千円だけである。そのためにジャガーのフロント割るか？　ふつう。そんな切羽詰まってんのか？　石川五右衛門《ごえもん》じゃないけど、「世に盗人の種は尽きまじ」ってやつだ。

おいらは独身時代、いつも家の鍵《かぎ》を開けっぱにしていた。鍵が開いていれば、ドロボーも中に人がいると判断して入ってこねえだろ、とタカをくくっていたのだ。入られたところで盗られて困るものはなし。東京に来た当初、おいらん家《ち》には布団《ふとん》とラジカセ以外何もなかった。テーブルも冷蔵庫もTVもなかった。あ、バケツとホーキとコップと鍋《なべ》とティッシュがあった。これだけの品揃《しなぞろ》えで、1年半過ごした。この間ドロボーに入られたことはなかった。TVとビデオを買った時、ドロボーはやって来た。土足の靴跡が玄関から中に点々と続いていた。

「ぐわっ、ついにやられた」おいらは泡食って部屋に入った。TVもビデオもラジカセも無事だった。みんな型落ちの中古ばっかりだからね。物色した跡はあるのだが、何も盗られてはいない。

「ふっ、家に何もない作戦成功！」

ほくそ笑んだおいらはざっと掃除をして、リラックスのためにズボンとパンツを下ろしてTVの前に横たわりビデオのスイッチを押した。……始まらない。すわ、ここか。慌《あわ》てて散乱しているビデオテープを見渡した。やられた……。大事にしていたサエジや、ユウコ秘宝館など、貴重なエロビデオが軒並みなくなっていた。脱力……。イッてもいないのに、こんなに脱力したのは後にも先にもこの時だけだ。

ずいぶん前にもこんなことがあった。彼女の家で留守番していた時、いきなりノブがガチャガチャって鳴り出した。彼女なら勝手に入ってくるはずだし……と思っていたら、台所の窓がすっと開き、格子《こうし》の間から節くれ立った腕が入ってきた。ドオキイッとしたが、それでもおとなしく見ていた。その腕は懸命に伸びて玄関のノブを探っていた。ここでようやく「ドロボーだ！」と思った古チンは、そーっと窓に近づくと一気に閉めた。「ああっ」という声がしてぱたぱたと足音は遠ざかっていった。怖かったー。男のおいらでさえパニクるんだから、女の子の一人暮らしなんて恐怖のズンドコだね。色恋沙汰《ざた》やストーキング方面は尚更《なおさら》怖くて仕方ないな。

で、知り合いの話。彼は彼女と別れたばかりであった。その別れ方が彼女のプライドを著しく傷付けたらしく、何度も何度も家に電話がかかってきた。その日休みだった彼は、夕方頃起き出し家でごろごろしていた。電話の留守番メッセージがしゃべりだした。

「いるんでしょ。出てよ」彼は勘弁してくれよおと思いながら、無視していた。

「分かった。そっちがその気なら、あたし今から行くから話しましょうね……」

プー。

ぐわっ。彼は慌てて戸締まりをし、家中の電気を消し布団にもぐった。その日はあいにくの雷雨。窓を強力な雨が叩《たた》き稲光がフラッシュのように部屋を照らす。しばらくして「ピンポーン」という音がした。ビクッとしながらも絶対に出ちゃいけないと居留守を続けた。ピンポンピンポン、ドンドンドン、ガチャガチャ……。物音だけが彼を追いつめる。20分ぐらいの攻撃の後、静かになった。が、ここで安心してはいけない。玄関の前で待ってるかも知れないからだ。5分ほどの沈黙の後、彼は窓の外を警戒した。ここは2階だが登ってこないとも限らない。大雨の中、人の気配がないのを確認して振り向いた時、稲光がまた光った。真っ暗な部屋の中に、鬼の形相の彼女が立っていた。

「殺される……」彼はそう思い目をつぶった……。

その後は、電気をつけて話し合いに至ったわけだが、なんと彼女は内倒しに開く浴室窓の20センチの隙間《すきま》から、お風呂《ふろ》の蓋《ふた》を使って滑り降りたそうだ。信じられん。彼が誠意を持って彼女にお話をしたところ、彼女も納得し、一言残して帰っていった。

「戸締まりには気を付けて」

こえーよ。こえーから、人ん家《ち》忍びこむな。

あとがき

単純に嬉《うれ》しいものですな。自分の書いたものが本になるってのは。元来おいらは文字を書くのが好きなもんで、この連載期間2年ちょいは、あっという間劇場でやんした。今までもいろんなところで雑文を書いておったのですが、この度「ぴあ」さんのご厚意により1冊の本になりました。

おいらは本来舞台俳優なので、基本的に作ったものが残らない。この連載が始まったくらいからちょっとずつ映像のお仕事を増やしていったので、後に残る作品が多くなった。それはそれで楽しんでやっているのだが、やっぱライブの人間として、こっぱずかしいものだ。その場限りのやりっぱ人生を送ってきた人間にとって後に残るほど恥ずかしいものはない。

実は昨日、映画の撮影で弁当があまったので夜のツマミにもらってきた。大分時間が経《た》っていたのだが、胃に恐るべき自信があるおいらは、ピリッとする天ぷらをマグマグ食っちまった。案の定、朝方、胃が引きつれた。

「あたった」

すぐにそう思い、胃薬を飲んだ。いててと寝返りを打った時、屁《へ》が出た。そのまま寝付き、朝、風呂《ふろ》に入ろうとパンツを脱いだ時、フンが付いていた。ユルフンだ。ま、いっかと風呂で洗い流し、上がって布団《ふとん》をたたみにいった。シーツに茶色いシミが付いていた。人前でいくら恥ずかしいことをしても平気なおいらだが、知らぬ間に付いているシーツのシミはとっても恥ずかしい。なぜなら後に残っているからだ。

ま、よく分からない喩《たと》え話になったが、かように後に残るものは恥ずかしいのだ。で、この本だ。連載中は雑誌だし、次の週には違うものが出るし、読み捨てるものだしで平気なのだが、本になっちまっちゃあ、もうだめだ。本屋にあったら恥ずかしいんだろうな。

が、とりあえず嬉しい。読んでくれているあなた、ありがとう。本文中で何度も言っているが、ほとんどウソの話、くだらないちょっとだけ実話、楽しんでもらえたでしょうか。だったら幸いです。また出せたらいいな。なんだ、映像の仕事と一緒で、やってみると後に残る仕事もなかなか楽しいのね。

おいらの読みにくい字を読めるようにしてくれた亀《かめ》ちゃん、いろいろ動いてくれた岩井ちゃん、感謝！　そしていろいろ戦って、おいらを楽しく書かせてくれた金田ちゃん、愛してる。あまり人に感謝しない古チンだが、こんなに素直になれたのだから、またやりたいです。

とりあえず、最後まで読んでくれてありがとう。また、どこかでお会いしましょう。

二〇〇四年一月

古田新太

文庫版あとがき

いやあ、ありがとうございます。文庫化ですよ。「本を出す」と「文庫を出す」ってのは、いささか趣《おもむき》が違いますな。なんか、文筆を生業《なりわい》にしている人っぽくないですか。おいらの思い込みだけ？

昔から雑文を書くのが好きで、ちょこちょこいろんな所で書いていたんですが、この『柳に風』は、初めて連載がまとまって本という形になったシロモノで、やっぱり思い入れがございます。

その文庫化ですから、嬉《うれ》しさもひとしおです。

今回改めて読んでみたんですが、荒いですね。そして、よくこんだけ怒る事があるな、という感じでした。怒るために街に出たり、仕事に行ったりしてるんじゃないかという感じです。8割方嘘《うそ》だよ〜んとか言ってますけど、割と本当の事が多いですな。そして、嘘の所より本当の所の方が面白いです。

最近は、猫も杓子《しやくし》もブログ流行《ばや》りで、おいらもたまに知ってる人のを覗《のぞ》くんですが、なんだかなあと思う事が多いんですよ。なんでかなあ、と思っていたんですけど、オチがないんですよね。普通なんですよね、言ってる事が。普通の事をわざわざ発表するんな、と思うんですが、それもおいらだけ？　その点、結構笑える話が多いと思うこの本ですが、再編集するにあたり、読みにくかった所や、伝わりにくかった所に手を入れました。前のものとは、また少し趣が違っております。その辺の所を楽しんでいただけたら幸いです。あ、趣が違うって言葉、今気に入ってるな、おいら。

ではまた、どこかでお会いしましょう。

二〇〇九年一月

古田新太

文庫化記念特別対談

役者二人の熱い夜

古田新太×八嶋智人

八嶋智人（やしま・のりと）

1970年、奈良県生れ。俳優。'90年、松村武とともに「劇団カムカムミニキーナ」を旗揚げ。以降、舞台、テレビドラマ、映画、バラエティなど多方面で活躍している。古田新太とは、'99年頃からのつきあいで、共演するほか、よく酒席で語り合う仲。

八嶋　こんばんは。あ、もう、ビール呑《の》んでるんですか。
古田　ま、今日は気楽にやろうね。
八嶋　『柳に風』、楽しく読ませて頂きました。エッセイを書かれたのはけっこう前ですよね。だから、生田《いくた》（スタジオ）には、「カオナシ」はもういません！（※本文137ページ参照）。
古田　ハハハ。カオナシ、いなくなったんや。
八嶋　僕はそんなに接触はなかったんですけど、六角（精児《せいじ》）さんに、「いますか？」と聞いたら、「おらん」と。「井《い》の頭《かしら》線で目撃した人がおる！」とか、もはや別の話になってます（笑）。
古田　ああ、カオナシには、みーんなイライラしてたからなあ。全然、使われへん。
八嶋　あるお芝居を見に行ったとき、始まる前に本を読んでたら、カオナシのところで、ちょっと声を出して笑ってしまって。
古田　てっぺん（午前0時）回って、スタッフも一緒にバラける状況あるやん？　タレントだけ先に帰るというような状況じゃなくて、みんながタクシー乗り場にダーッと行くときには、カオナシ、完全にパニックになってた。Aスタ、Bスタ、両方一遍に終わるときは、スタッフさんが二組いるやんか？「カオナシ」に「○○さんのところですか？」と聞かれて、「違います」って答えたら、「アッアッアッ」となって。

八嶋　いわゆる、パニック方面の「アッ」や。

古田　ハハハ。……いや、このままでは「カオナシ」の話だけで終わってしまう。

頼られる男・古田

八嶋　この本を読んで思ったのはですね。……って導入っぽいでしょ？　ふだん古田さんと喋《しゃべ》っていると、僕ら後輩には弱みを見せない人だと感じるんですよ。でも、文章では、意外と弱みを出してますね。

古田　弱みは見せないけど、弱音は吐くからね。

八嶋　ちょうどこのエッセイを書かれてた頃、篠井《ささい》（英介）さんと一緒に円形（青山円形劇場）で、『欲望という名の電車』をやられていたじゃないですか？

古田　ああ。

八嶋　公演中、一緒に呑みましたよね。そのとき、一瞬、弱音を吐かれたのを聞いたんですが、後にも先にも1回だけです。

古田　あの時か……。いちばん、太ってた時期やね。84、5キロあったからな。

八嶋　そう、天龍（源一郎）みたいだったもん。ガウン着てて金髪で。

古田　（サムソン）冬木って自称してたからね。

八嶋　小劇場の後輩たちはこの本を読んだほうがいいですよ。元気が出る。

古田　「あの古田が弱音吐いとる」と。

八嶋　ええ。俺もやってゆけるかも、という安心感が湧《わ》いてくるんです。そもそも、古田新太という人には、お酒を浴びるように呑み、舞台の上ではちゃんと芝居をし、演出家の信頼も厚く、後輩たちの面倒見もよく、おまけにケガもしないっていう超人的なイメージがあるんです。頭がチャックのように割れた時にも酒を呑みに行ったとか。

古田　呑み、行ったな。ケガは少ないけど、入院はよくしてるけどね。入院先から仕事行ったりするからね。

八嶋　基本的に（劇団☆）新感線の方は「根性論」を持ってますから。たとえ、ケガをしても「痛く……ない」って。

古田　そうそう。うちの劇団の橋本じゅんさんとかは、未《いま》だに『1・2の三四郎』(漫画)の教えを忠実に守っている人で、指が折れたときも、「これは折れる指ではない」と言い聞かせてやってはったから(笑)。

八嶋　言葉が本当に自然治癒《ちゆ》力を高めるというか。そういう神がかり的な強靭《きょうじん》さがあるんです。だから、古田さんと一緒に(舞台を)やってると、「何が起きても大丈夫」という気になりますね。たとえば、野田(秀樹)さんは――、

古田　ああ、弱い人やね(笑)。

八嶋　古田さんと一緒に野田さんの芝居に出たとき(99年、『パンドラの鐘』)に、演出家としてダメを出したあと、古田新太の顔を見るわけです。「俺の今のダメ出し、大丈夫だったかな」という感じで。

古田　ハハハ。

八嶋　この人は「うむ」って頷《うなず》くわけです。そしたら、野田さんは次のダメ出しにいくんです(笑)。「お前は古田新太の彼女か！」って思いました。

一同　(爆笑)

八嶋　本番中にもそんなことがあったなあ。巨大な紙が舞台の上にふわっと舞って、その中にみんなが入るというシーンだったんです。直前に野田さんがちょっとミスを

してしまった。巨大な紙の中で、古田さんと野田さんが入れ替わるときに、野田さんが古田さんのほうを心配そうに見る。この人がうるさそうに目で「ああ、大丈夫」って（笑）。「どういう関係なんだろう？」って思いましたけどね。

古田　そういうことは多々あるね。いのうえ（ひでのり）さんにせよ、鴻上《こうかみ》（尚史《しょうじ》）さんにせよ、なんやろね、「どやったかな？　今の」という雰囲気でこちらを見てくれる（笑）。

八嶋　ハハハ。エグゼクティヴ・プロデューサー扱いされてますよね。

古田　ガキんちょの頃から偉そうだったというのもあるし、学生時代からその先輩たちをよく知っているという理由もあるかな。

八嶋　古田さんは、上手に先輩たちを転がしよりますね。礼儀作法もしっかりされてるし、バランス感覚がいいんだよなあ。

古田　昔は後輩を相手にしてなかったからな。面白い後輩がいなかったんで、「先輩とだけ付き合っていればいいや」と。

八嶋　小劇場のある層のなかでは、古田さんが一番年下ですものね。筧《かけい》（利夫）さんがいて、生瀬《なませ》（勝久）さん、（渡辺）いっけいさんがいて。

古田　そうそう。「（劇団）ショーマ」、「ジテキン（自転車キンクリート）」、「花組芝居」、あの人たちと遊んでたから。「第三舞台」や「（第三）エロチカ」とかの先輩たちともね。そこに顔を出している限り、ずっと後輩なんだよね。酒を奢《おご》ってもらって、ちゃんちゃやっとけば可愛《かわい》がられる。

で、はっと気がつくと、4、5歳くらい下の面白い奴《やつ》らが現れていたわけ。智人、阿部（サダヲ）、宮藤《くどう》（官九郎）、河原《かわはら》（雅彦）あたりが。「下の奴とも遊ばな、損」と思い直した。もっとも、それ以降、面白い奴があんまり出てきてないんだけど。

八嶋　そうですかね。

古田　大倉（孝二）と（荒川）良々《よしよし》くらいかな。

八嶋　良々なんて、時折、俺たちより年上かもしれないと感じますもん（笑）。でも、僕らよりさらに下の子たちは、先輩と呑みに行くのがあんまり楽しそうじゃないんですよね。

古田　そうやなあ。

八嶋　大きな変化だと思うんですよね。お酒を呑んで乱れることに対して、「ちょっとクールじゃないじゃん」みたいな風潮があるのかな。

古田　だから、俺は、さらに下の世代にいっちゃったんだ。あいつらのほうが――、

八嶋　元気いいですよね。

古田　先輩と呑みに行ったら、奢ってもらえるに決まっているわけやから、安心してじゃんじゃん呑み食いしたらいいのに。もし気になるんだとしたら、途中で「先輩、ちょっと奢って貰《もら》っていいんですか？」って言えばいいんだよね。それが智人のちょい下くらいから、呑みに誘うと、「先輩、ちょっと金ないっすよ」って返されることが増えた。俺が、木野（花）さんや鴻上さんに甘えてたときは、金払う気なんか、全っ然なかったよ（笑）。

八嶋　ハハハ。僕も大学時代は学生寮に住んでたから、「後輩は奢ってもらえるものだ」と思ってました。1年生の時なんて1円も払ったことなかったですから。そういうの、味わったことない子は、上下関係からしんどいですかね。

古田　俺なんて、いっけいさん家《ち》に住まわせてもらっていたにもかかわらず、いっけいさんが全く飲まない牛乳を買わせてたからね。

一同　（爆笑）

八嶋　いっけいさんは、一匹狼《いっぴきおおかみ》を気取ってるところもあるけど、すごく、ええ人じゃないですか。

古田さんが、ケラ（ケラリーノ・サンドロヴィッチ）さんの『SLAPSTICKS』に出られたとき、僕といっけいさんは同じドラマ（『美女か野獣』）に出演していて、「ドラマが休みの日に一緒に観《み》に行こうよ」と誘われたんです。芝居も面白くて、ひさびさに出演者がみんな呑みに行くという日だったので、ご一緒しましたよね。オダギリジョー君もいたし、親しい役者さんも多かったので、わあわあ盛り上がってたんですが、いっけいさんは「お前、明日、ドラマがあるからな、あんまり呑みすぎるなよ」と言い残して早めに帰られた。後で気が付いたんですが、一次会の僕の呑み代を知らない間に払ってくださっていたんです。

古田　な、ええ人やろ。

八嶋　……ふと気づくと、3軒目。古田さん、初対面の佐藤アッヒロ君と佐藤仁美ちゃんと4人で、三茶《さんちゃ》（三軒茶屋）で呑んでいた。

古田　朝まで呑んだね。

八嶋　ええ。どうやって家に帰ったかも覚えてないんですけど。

古田　智人が朝からドラマの収録やというのは聞いてたんだけど、「まあ、寝んといたらええねん」と言うたんよ。

八嶋　その雰囲気に呑まれて、「そりゃ、そうですよ」なんて答えて、とことん行ったら、案の定、次の日、遅刻ですよ！

一同　（爆笑）

八嶋　3回遅刻したらクビと言われているのに、すごい遅刻をしてしまって。パッて何回目かのケータイの音で、ふっと目覚めたんです。制作さんからの電話だったんですけど、ふと履歴を見たら、「渡辺いっけい、渡辺いっけい、渡辺いっけい」って着信が一杯入ってました。ずいぶん心配してくれはって。

古田　そもそも、いっけい先輩が俺を劇団に入れたんだからね。

八嶋　古田さんは、先輩たちから、ちゃんと恩恵を受けてますね。

古田　しつこい先輩ばっかりやけどね（笑）。20年前に勝村（政信）さんの埼玉の実家に泊まって、「洗濯もん、出しとけよ。お袋に洗ってもらうから」と言われて出したパンツに、ウンコが付いてたんだって。勝村さん、未だに言うからね。

八嶋　その話、僕でも知ってますからね。

古田　そうやろ？「こいつはお袋にウンコの付いたパンツを洗わせやがった」って。（笑）

「マンツーマンの古田新太に気をつけろ」

八嶋　なんやろな、僕が出会う小劇場の先輩はみんな持っているんですよ、古田新太との思い出を。

古田　ハハハ。俺たち、「次の日、どうでもいいや」と思っちゃったら、しつこいでしょ。しつこい呑みのときって、面白い事が起きがちなんだよね。

八嶋　ハハハ。ここで、僕の名言を発表しましょうか。

「マンツーマンの古田新太に気をつけろ」

一次会、みんなでわーっと騒いだ。二次会、何人かでちょっと芝居の話もした。そして、三次会、古田さんとマンツーマンで話しているときに、ものすごい優しいことを言いよるんですよ。

一同　（爆笑）

八嶋　言葉をかけられたほうは、涙を流しながら、心を許してしまうんです。これを一発やられてしまった人は、もう古田新太の虜《とりこ》になってしまいますよ。一番反応しているのは、僕なのかもしれないですけど。僕の中のメスの部分が疼《うず》きだすというか。

古田　ハハハ。お前のメスの部分、ものすご、うるさいわ。

アツヒロとか、（小栗《おぐり》）旬《しゅん》とか、マツジュン（松本潤）とか、小出《こいで》（恵介）とか、最近は、あのへんがけっこう遊んでくれるなあ。

八嶋　アイドルでも、お芝居が好きな人は古田さんに憧《あこが》れるんですよ。「古田新太と接点を持っておきたい」って。
古田　一緒に呑みに行っても、「二度と呑みに行きたくない」とは思われないみたいなんだよね。ま、こっちがそう思う先輩はいるけど（笑）。
八嶋　（即座に）僕にはいないです。
一同　（笑）
八嶋　後輩に腹を立てることはないんですか。
古田　後輩は、まあ、許すなあ。ある後輩が多少乱暴な口を利《き》くとしても、別の後輩が俺を叩《はた》いたとしても（笑）。
八嶋　えっ？
古田　野田さんとかと何人かで呑《の》んでた時、某後輩とも初めて呑んで、そのうち、酒《さけ》癖《ぐせ》がちょっと悪いことが分かった。隣にいたそいつの体がぐらぐらし出したんで、「おい、先輩がおんねんから、ちゃんとしとけ」って注意したら、「うるさい～」ってパンッて頭を叩かれた。「ついぞないぞ。後輩にはたかれたこと」と思って、一瞬、静止したの。ピーンと空気が張りつめて、「あれ、古チン大丈夫かな？」というムードになって……。
八嶋　もしかしてキレるかもしれん、と。

古田　その場は収めたんやけど、そのうちに、奴が「なんでやねーん」って俺に絡《から》み出したときに、離れた席にいた野田さんが、「ちょっと間に入っていいかな～」って（笑）。

八嶋　野田さんの「彼女らしい」部分が（笑）。僕は、「おい、〇〇、いい加減にしなさいよ」って注意するタイプです。

古田　宮川大輔もそうやね。別の日、そいつと大輔たちと呑んでたときに、また軽くいらわれたんやけど、「おい、今のうちに謝っておかんと血みどろにされるからな」と忠告してたもん。「言うとくけど、俺は、古田さんに血みどろにされた奴、何人も見てきたからな」って。そういう後輩はいるけど、先輩が「ちょっと間に入っていいかな」って（笑）。

そいつらに限らず、20代中盤の後輩が結構慕ってくれて、呑みに行くことが増えたんだけど、あまりに酔っ払うのが早いから、「可愛《かわい》いな」と思っちゃうんだよね。へべれけになった青年たちを見る目が、完全にお父さんの視線になってる。ギャーッて騒いでても、「ええ加減にせえよ、お前ら」って優しく注意する。もしくはそれよりもはしゃいで「古田さん、いい加減にしてください」と言わせるか（笑）。

八嶋　昔から、「古田新太武勇伝」は聞いてますが、実際、目の前で誰かを殴ってるのは見たことないですもん。

古田　ないもん、そんなの。最近は、ほとんど、ないんちゃう。

八嶋　僕は修羅場におりたくないんです。痛いのは嫌ですからね。

古田　……いや、智人は、たまに、つっかかってくるけどな。

八嶋　古田さんにつっかかったこと、ないでしょう？

古田　同期の（橋本）じゅんがミスったことを俺がねちねちいじめてた時とか、（橋本）さとしがいらんことして間《ま》を外してたのを注意してた時とか。

八嶋　同じ日のことじゃないですか、橋本じゅんさん座長の公演（06年、『噂《うわさ》の男』）のときの話ですね。

古田　じゅんさん、さとし、智人、堺（雅人《まさと》）あたりが出てたなあ。ケラさん演出の芝居自体は面白かったんだけど、俺が観に行った日、まず、じゅんさんが張り切ってスベってしまった。調子こいてスベッたじゅんさんを抑えるべき、さとしがまた張り切って、スベりよったんですよ。お客さんとしてはどうってことないキズ、我々の業界用語ではケガと言いますけど。でも、「ここは同期として注意せな」と。一番奥の座長席で、じゅんさんが俺と目を合わさぬまま、メイクを取っていて、まず、それがカリッときたんだよなあ。

八嶋　理不尽ですよ。
古田　ハハハハ。
八嶋　古田新太にがんがん言われたら、じゅんさんは困惑しますって。
古田　言うとくけど、あれは愛や。
八嶋　もちろん、分かりましたよ。でも、それによってじゅんさんは凹《へこ》んでしまうかもしれないから。
古田　愛がなかったら、稽古場に西瓜《すいか》まで持っていかへんよ。
八嶋　夏の暑い盛り、全然、台本が上がらなかったんですよね。結局、全部出来たのは、(公演の)3日前でしたから。
古田　真夏日が続いてて、みんな疲れてるやろ。台本《ホン》が上がってないって聞いてるけど、渋谷行く用事もあるし、ちょっと寄るか。そう思って、両手に西瓜を抱えて、「がんばっとるか!」と。
八嶋　あれは、ありがたかったですけどね。
古田　俺が楽屋で「おい、じゅん、お前、おもろいことやりきったような顔しとるけど、全然やりきってなかったな～」とか、「さとしも、あそこ、いつも笑いくるとこちゃうんか!」とかダメ出ししてたら、一番端におった智人が「うるさーい!　おもろかったんじゃ。ボケー、帰れー」「座長をいじめるなー」って。

一同　（笑）

八嶋　古田さんに飲み屋で胸倉を摑《つか》まれましたよ、「俺の言うこと、ウソなのか、ボケッ」って。古田さんの指摘に思い当たる点がなかったわけではなかったんだけど、「今、芝居をやってるのはこの人たちだ」って。

古田　ハハハ。胸倉ちがうで、襟首《えりくび》やで。

八嶋　そうだ。襟首を摑まれて、空中にプラーンとなったんですよ。で、「どっちが正しいねん？」と聞かれたので、「じゅんさんです」って（笑）。

古田　うっとうしいわ（笑）。

八嶋　下《した》っ端《ぱ》ヤクザなりの男気を見せたんですかね。

古田　まあ、あんなんが一番楽しいからね。

古田新太、トーキング・エッセイ

古田　全然、関係ないけど、昨日、エッセイが書ける事件が3つあった。

座長がコンサートに行くという理由で稽古《けいこ》（『リチャード三世』）が早く終わったの

よ。稽古しながらも、「餃子《ぎょうざ》が食いたい。餃子が食いたい」と思ってて、稽古場近くの王将にバッと独りで入ったの。「餃子2人前とキムチでも食って、ビールとウーロンハイ3杯くらいで帰ろうかな」と考えつつカウンターに座ったら、隣にビシーッとスーツを着た65歳くらいの紳士とボーダーの薄いトレーナーの上下を着た35歳くらいの外国人女性が座ってきたの。

文庫本を読みながら餃子を食べ始めたら、その紳士が「今月の28から30まで、神奈川に旅行に行こうと思うんだよね」って女を誘い出したんだけど、「ソノヒ、イソガシンダヨネ」と返されて。「そりゃないよー。せっかく休みを取ったんだから」「イヤ、ゼッタイニハズセナイノ」なんてやりとりしてる。「何だかな〜」と思いながら、何気なく目をやると、紳士のスーツの社章を入れる穴のところに、金色のミッキーマウスがついてるの。明らかに純金で出来たミッキー。純金のミッキーを社章のところに付けているにもかかわらず、旅行先が2泊3日の神奈川県って、どういうことなんやろう⁉

一同　(爆笑)

八嶋　バッジ一個で、ぐっと物語が広がりましたね。

古田　金、持ってんのか？　でも、ビール呑みながら、ホイコーローと餃子とラーメンをふたりで分け分けしてるわけ。時刻は7時30分。絶対に同伴（出勤）でしょう？女の人はトレーナーやから、着替えに帰らなきゃいけないわけですよ。いろんなことが頭を巡って。酒呑んでるし、おっさんがちょっとエロくなってて——。

八嶋　「家、行っちゃおうかな」（笑）。

古田　そんなことを考えながら、山手線に乗ったら、ふた駅目くらいで、いかにもよろよろしたばあさんが乗ってきた。「あかん、席譲ってあげよう」と思った途端、トイ面の若僧が、「どうぞ、おばあさん！」って席を立つ。でも、ばあさんは「私もすぐ降りますから」って断る。「私も降りますから」「いや、僕もすぐ降りますから」なんて言い合っているうちに、「私もすぐ降りるんですよ！」っておばあさんがものごっつう怒り始めて、気まずいムードが車内に漂ったの。若僧は座り直すわけにいかないから、つり革持って立ってたんだけど、「座りなさーい!!」って怒鳴られて。

八嶋　ハハハ。

古田　まあ頑《かたく》なやったよ。周りは通勤の人たちばっかりで、そもそも疲れてはるのに、肩が一層重くなってたよ。

八嶋　ざんない（見るに忍びない）感じ。

古田　ざんない感じ。俺が降りた駅でざーっと人が減って、車両がほぼ空になっても、ばあさんはまだ立ってたよ。繰り返すけど、よっろよろやで。だから、俺は密輸じゃないかと踏んだね。

八嶋　どういうことですか？

古田　座るとピーンとどこかから何かが出てしまうとか。

八嶋　ハハハ。背中に長ーい密輸品を仕込んでた。

古田　そんなことがあって、家の近くまで帰ってきた。近所にインド料理屋があるんやけど、厨房《ちゆうぼう》とフロアをインド人ふたりでやってんねん。そこは、まあまあうまい。抜群にうまいわけじゃないよ。

八嶋　そこは「うまい」でいいじゃないですか。

古田　まあまあ、うまい。カレーは美味《おい》しいんだけど、なんか知らんけど、サフランライスしかないねん。タンドリーチキンもナンもいけんねん。でも俺はカレーライスはどうしても白飯《しろめし》で食べたいから、「もったいない話やで」と思ってんの。

通るたびに覗《のぞ》いてるんだけど、いつも誰一人客が入ってない。「このままでは潰《つぶ》れてしまうんやないか」と心配してる。店内はオープンキッチンで、明かりも煌々《こうこう》としてて、いつもはふたりともぼーっとしてるんだけど、昨日見たら、キッチンの窓と玄関の窓に、インド人がピタッと張りついて、こちらをじーっと見てんねん！

一同　（爆笑）

古田「あまりに客が来ないから、外見《そとみ》とるで、こいつら」と。

八嶋　そのまま、入ってあげたらよかったじゃないですか。

古田　そら入られへんよ、怖いから。「あかんで」とは注意したかったけど。

八嶋「逆効果やで」って。

古田　うん。「白飯始めました」という看板出したら、絶対に儲《もう》かるのにな。

八嶋　ハハハハ。……でも、そういうことを面白がるという発想が最近の若い人にはないような気がするんです。何やろ、「面白レーダー」の数が「すけない」感じがするわけですよ。

古田　すけないなあ。

八嶋　すけないという言葉には、エピソードがあって。昔、生瀬さんと古田さんが大井競馬場に行ったときのことでしたっけ？

古田　トゥインクル・レース。そこのVIP席の係りの70歳くらいのおじいさんが訛《なま》ってるのね。「えー、A席観覧席が残りすけなくなっております」。東京の競馬場ですけないを聞くと思わなかった。「流れ流れて、この大井競馬場に来てはるんだろうな」と。すけないという言葉は、大阪、奈良、和歌山あたりの一部の人しかもう使ってない。

八嶋　僕は奈良市出身なんですけど、その話を聞いたときに、おじいちゃんが使ってたことを思い出したんですよ。「病院の食事はすけないし、もみない」って。

一同　（爆笑）

八嶋　「少ないし、味気ない」という意味なんですけど。という話をしたら、古田さんが「そうか、奈良か！」って（笑）。僕は学生の頃、大井競馬場で警備のバイトをしまして、本当に流れ流れてきた人が多かったんですよ。東北弁の人もいたし。

古田　「A席観覧席は、残りすけなくなっております～」。何回も同じ訛りで言うてはるわけやんか。絶対、なんらかの事情があったはず。たぶんアパレル系やと思うわけ。アパレルで儲けてビル1個持ってたと思うわ。愛人もおったんやろうな。しかも子沢山やねん、あの人は。6人兄弟くらいおるねんけど、バブルが崩壊して、製品が売れなくなって。たぶん、倉庫にはその当時のモードが一杯積まれてるねん。その倉庫の維持費のために働いてはる思うわ。

八嶋　扉を開けたら、ジュリ扇《せん》がごっそり出てきたりして。

古田　ハハハ。

役者魂と等身大

八嶋　急にマジメな話をさせて頂きますが、さっきみたいに物語を想像、いや妄想によって広げてゆく才能があるかないかは、役者にとって、大きい思いますよ。我々の仕事の原点のような気がします。

古田　面白いことを発見して、面白おかしく喋《しゃべ》るというのが、演芸の原点でしょう。それが長年ひと様の鑑賞に耐えうるように鍛えられ、伝わってきたのが古典でしょう。最近、シェイクスピアをやっていて、思うことがある。奴《やつ》は３００年前のイギリス王族の座付き作家だったわけですよ。シェイクスピアの戯曲を読んでいると、最後に一瞬長台詞《ながぜりふ》を喋る奴がいるやろ？　あれは絶対、大臣の娘や息子がやる役だったと思う。絶対、「こいつ、ちょっと出してくれんかなあ」みたいな依頼があったはずで。それを演出の哲人たちが上手《うま》い具合に入れて、「ええ話やったで」ということに落ち着き、台本がそのまま残ってしまって、今日に至る、と。

八嶋　ええ。そういったことはあったと思います。

古田　悲劇はまあそれでいい。ただ喜劇はもうあかんと思うわ。３００年前の時事ネタやったに決まってるもん。

八嶋　『マクベス』を昔やったときに、ルーマニア人の演出家がついたんです（97年、アレキサンドル・ダリエ演出）。門番という役があるじゃないですか。あれが劇中で唯《ゆい》一《いつ》、ちょっと面白い。その当時の座員の中でおもろい奴がいたけど、シリアスな脚本なので出番がなかった。「あいつ、今度の芝居でも、どうにか使ってやりたいな」ということで作られた役じゃないですか？

古田　そうそう、門番と墓掘りは絶対そうやね。

八嶋　その舞台のときに、演出家に「このシーンを聞いて、笑えるのか？」と聞かれたんですよ。当時、僕は20代前半だったんですが、「笑わなあかんのかな、という感じです」と答えたんです。そうしたら、「じゃあ、やめましょう」ということになって、門番のシーンはなくなったんですね。「うわ、これ、余計なことを言うてもうた」と反省して。

古田　いやいや、ええことを言ったんちゃうかな。

八嶋　本当にお客さんが笑えるシーンでないと、『マクベス』のようなドーンとした芝居にはそぐわないと判断したのかもしれませんね。

古田　今回、いのうえさんが『リチャード三世』に取り組んでるけど、色々悩んではるよ。あるシーンでリチャード三世が鼠《ねずみ》先輩の歌を唄《うた》うというアイディアを出したりして(笑)。結局、採用されないと思うけど。

八嶋 時事ネタも入れ、お客さんもいじり……。(中村)勘三郎さんがやられている「平成中村座」が本来の歌舞伎の姿だとも感じますしね。日本人のエンターテインメントの根源というか。そう考えてゆくと、新感線は凄《すご》いと思います。

古田 幾度も上演を繰り返している古典をいかに面白くやれるか、というのは、重要なテーマだよな。初演の新鮮さには勝てない。話を面白く感じるのは、初演に決まっているよね。初めて知るストーリーなんだから。

八嶋 ええ。

古田 あとは、演出家の頭脳と役者の腕で作品を楽しくしていくしかないよね。

八嶋 シェイクスピアの今残っている戯曲は、幾つも小屋にかけたなかで評判が良かったものだけらしいと聞いたことがあります。それにしても、世界中でこれだけ何度も上演されてる戯曲を、そのままストレートにやるわけにはいかないですから。80年代頃から社会の価値観が多様化していきましたよね? でも、並列に並んだ価値の中からお客さんに何かを選んでもらうというやり方は、野田さんみたいに「自分の考えていることをどう伝えるのか」を熟考してる人の作品に比べて明らかに弱いと思います。バブル期には「何をやってもいい」という風潮がありましたが、現在は、「残ってゆくものは何なのか」ということが問われていると思います。

古田　文化の潮流が70年代のアングラから80年代にサブカルに移ったとき、思想的暴力の度合いが、がくっと落ちたよね。「これを分からんかい、ボケ！」という価値観の押しつけには、荒々しい美学があったと思う。

八嶋　そこにウソはないですよね。

古田　そう。「ついてこん奴は置いてくよ！」という熱気を感じると、「ついて行けてるフリ」をする観客だって出てくる。役者にしたところで、柄本《えもと》（明）さんやデコ（吉田日出子《ひでこ》）さんには迫力がある。テレビの画面に映った瞬間に、唐《から》（十郎《じゅうろう》）さんを注視してしまうというのはあるよね。

八嶋　『北の国から』を実はあんまり見たことがなかったんですが、最終話（『2002遺言』）をパッとつけたときに、トド撃ちの唐さんが流氷に乗っかって帰ってきたシーンを見て、「そんな奴はいないだろ」と普通は思うはずなのに――、

古田・八嶋　説得力を感じる。

古田　政界のドンの役で麿《まろ》（赤兒《あかじ》）さんが出てきたときの、あの説得力ときたら（笑）。一方、「日本の秘書」と言えば、半海《はんかい》（一晃《かずあき》）さん（笑）。本来、僕ら、アングラ俳優

は、説得力のための要員だったりするんですよ。

八嶋 「拙者《せっしゃ》ムニエル」の村上（大樹《ひろき》）に、ワークショップをやったときの話を聞いたんです。自分の劇団から加藤啓《けい》とかを模範生として連れてゆくわけですけど、月9ドラマのような設定を提示したところ、加藤啓のほうが全然ヘタに見える。つまり、最大公約数のようなお芝居は若い子のほうが上手なんだ、と。

古田 ドラマの真似《まね》はうまいよね。若手役者でも芸人でも、そういう奴は多いよ。こないだね、ある番組（『よゐこ部』毎日放送）で、よゐこの二人（濱口《はまぐち》、有野）とTKOの木下（隆行）君と、毎日放送のアナウンサー（吉竹史《ふみ》）という、4人を集めて、ワークショップしたの。そしたら、ドラマのような芝居をする。よゐこは「ゆくゆくは映画を撮りたい」と言うんだけど、「ごめんな。俺がお前らに教えられるのは、舞台俳優のノウハウしかないからね。今日は舞台俳優のノウハウを教えます」ということで、始めたわけ。

やらせてみたら分かったけど、「カッコいい」ということが彼らの演技のテーマになってる。無理してるから、ものすごく汗をかきよる。自分の能力より上のことをやろうとしてるから。でも、「全然OKです」「全然OKです」と言い続けて、すべて肯定していったの。じきに彼らにはやることがなくなってくるでしょう？　だんだんだんだん素《す》に近づいてくんだよね。最後に「面白いこと、カッコいいことを抜きにして会話を続けてください」と言ったら、あんなに汗っかきの木下くんの汗がピタッと止まった。

八嶋　ハハハハ。通りこした。

古田　通りこした。「どや？」って聞いたら、「芸人としては失格なんですが、すごい楽です、今」って答えた。「だから、演劇っていうのは欧米ではカウンセリングにも使われる。最初に自分をオープンするという作業をしてしまうと、能力以上の力を発揮する必要がないということが理解できる。自分の持ってる能力をどれだけ表現できるかということになれば、言葉数も的確になってくるから」と言ったら、濱口が「クッソー、ちゃんと勉強になったー！」って。

一同　（笑）

八嶋　自己を全《すべ》てさらけ出して、表現を出してゆくということですよね。タモリさんとよく話したんですが、劇評とか映画評論で「等身大の演技が光った」というのが、タモリさんも僕も嫌いなんですよね。

古田　等身大にはなんの興味も湧《わ》かないよな。

八嶋　「等身大を金取ってみせてどうするんだ」と思います。

古田　等身大。つまり、ふだんの自分ということだろ?

八嶋　恥ずかしいですよね。

古田　いや、普段の俺はもっとおもろいもん。

八嶋　あれ?

古田　いや、「何気ない優しさ」とか、「さりげない切なさ」とかを称して、等身大と主張してるわけやろ? 等身大は、そんなんじゃないよ。

自宅に、急に昔の彼女から電話がかかってくるとする。

「もしもし、うち幸子。覚えとる?」

「おう。もしもし。元気してんの? お前、こんな時間に、家に電話かけてきたらあかんで」

「子供できた」

「ハアアアーッ」(文字で表現できない声)

そのショックたるや、等身大じゃないで。

一同　(爆笑)

八嶋　それ、論点ずれてる(笑)。等身大の話じゃない!

古田　恋愛モノの映画とか見てて、「等身大ってこんな地味なん?」と思うもん。なんか「グワーッ」というものもあるはずやんか。

八嶋　分かったような、分からないような。

編集部　（既に10時近くになっており）本日は遅くまでありがとうございました――。

八嶋　古田さん、この後あるんですか？

古田　なんもないよ。呑みいくか。

八嶋　あれ、でも、舞台の台本、さらわなあかんのやないですか？

古田　明日を気にして、役者やってられるかい。

（二〇〇八年十一月、新潮社クラブにて）

この作品は二〇〇四年三月ぴあより刊行された。

柳《やなぎ》に風《かぜ》

新潮文庫　ふ-39-1

平成二十一年三月一日発行

著者　古《ふる》田《た》新《あら》太《た》

発行者　佐藤隆信

発行所　株式会社 新潮社

郵便番号　一六二—八七一一
東京都新宿区矢来町七一
電話　編集部(〇三)三二六六—五四四〇
読者係(〇三)三二六六—五一一一
http://www.shinchosha.co.jp

価格はカバーに表示してあります。

乱丁・落丁本は、ご面倒ですが小社読者係宛ご送付ください。送料小社負担にてお取替えいたします。

印刷・二光印刷株式会社　製本・加藤製本株式会社

ISBN978-4-10-137151-1 C0174